LINEブログに綴った「65歳の歩き方」

≫はじめに

65歳は、「終わりの始まり」などではなく、やりたいことに好きなだけ時間をかけられる「自由な暮らしの始まり」だった。どこにも所属せず、何をしても何もしなくてもいい自由を得て、「今日は何をしよう」と考えるだけで毎日が楽しかった。

保険料を長く支払い、ようやく最低限の生活をするだけの年金収入が確保でき、食べるためではなく、本当にやりたいことができるようになった。目先の稼ぎを気にせずに、子供のように好きなことに打ち込める。

ところが、多くの人は、高齢期を「終わりの始まり」と思っているようだ。現役でなくなり、世の中からは必要とされなくなる。働こうと思っても働き口さえ見つからない。どんどん体力は衰え、病や死がすり寄ってくる——と。

しかし、病や死のリスクは、年齢を問わずある。現役時代求められるのは単に「労働力」であって、スキルや経験を積んで、真剣に取り組む高齢期の「やりたいこと」こそが、実は世の中から求められている「価値のあること」かもしれないのだ。

実は私も65歳をあまり前向きには捉えていなかった。

２０２１年11月末、65歳になって、41年間勤めた日本経済新聞社を退職した。セカンドステージについては、現役時代にたくさん取材し、イメージはあった。しかし、そのイメージは現役時代から見たイメージに過ぎなかった。

退職後はマインドセット（これまでの経験や教育、先入観から作られる思考パターン、固定化された考え方）が、現役時代とはガラリと変わる。社会で刷り込まれた現役時代の価値観は崩れ、自分本来の生き方ができるようになる。

本書は、最初は途方に暮れていた65歳になったばかりの男が試行錯誤を経て、「何でも前向き楽しめばいいんだ」と、気づくまでの１年余りを綴ったブログを再構成したものだ。楽しみは趣味や仕事に限らない。介護でさえ楽しみにできる。

気づきを得て、私は、ジャーナリストとして記事を書いて、自分で出版していくと決めた。誰にも忖度(そんたく)せず、自由にものを書きたい。

65歳になったらとにかく動き回り、人に会おう。65歳になってからの「積極的な試行錯誤」で、あなたの歩くべき道も見えてくるはずだ。

LINEブログに綴った「65歳の歩き方」目次

第二章　模索——25

第三章　健康——39

第四章　家族――57

第五章　旧交 ――― 75

第六章　生活 ――― 99

第七章　文化

第1章

整理

2021年11月30日、41年勤めた日本経済新聞社を退職した。コロナ禍で送別の宴会などはなし。その代わり、部長が天ぷらのランチで祝ってくれた。会議室での送別の部会では、後輩たち一人ひとりから、温かいメッセージをいただいた。

翌日から、フリーになったが、コロナ禍でずっと在宅勤務をしていたので、退職した実感はなかった。

暮らしはあまり変わり映えしなかったのだが、やるべきことは多かった、退職の挨拶、部屋の整理、新しい生活リズムに慣れるための習慣の見直し…。

退職後の最初の3ヵ月は、先のことを考える余裕もなく、整理の毎日が続いた。

≫LINEブログで日々の思い伝える（21／12／10）

退職して10日たった。LINEブログを始めることにした。このブログは、スマホでしか入力ができないという制約があり、使いづらいとも思ったが、逆にどこでも気軽に記事が書け、写真投稿も容易だ。姿勢をただしてパソコンに向かわなくても、マッサージチェアなどでくつろぎながら書ける。

ブログというと政治・社会問題から、趣味的な話題まで、様々なテーマで日々、発信していくメディアだと思っていたが、LINEブログは、もっと日常的な、例えば「今日は時間がなくて、夕食は卵かけご飯だった」みたいな投稿が良く似合う。退職後の生活や、65歳になって考えたことなどをそのまま記録に残したい。

私がブログを書き始めたのは2004年3月。日本経済新聞社のNIKKEINETを編集する部署から、前橋支局に支局長として異動するタイミングだった。2003年12月にニフティの「ココログ」がサービスを開始するなど、ブログが広がり始めた頃で、自分でも書いてみたいと思っていた。前橋支局は群馬県の取材をする支局。早速、ココログで、「ぐんぐんま」というブログを立ち上げ、フーテンの中というハンドル名で、群馬県の温泉や観光地、美味しい店などについての情報発信を始めた。2年後に東京に戻ってからは「ぐんぐんぐんま〜とうとう東京」と名前を変えて続け、65歳になってからは「とうとう高齢者」に衣替えした。

新たに別のブログを始めることになったのは、三鷹ネットワーク大学で、10月から「くらしとメディアリテラシー」の講座をやらせていただいたのがきっかけだ。12月18日の第5回、最終回の講座は「オリジナル情報を発信する」がテーマ。ブログの書き方についてお話する。だが、最近のブログを知らない。そこで、他のいろいろなブログアプリで、様々なテーマのブログを作った。試してみたのは、アメーバブログ、note、はてなブログ。そして、このLINEブログ。LINEブログは65歳になってからの飾らない日々をを気軽に綴る中心的な存在になりそうだ。

人生100年時代と言われる中で、65歳は節目の年齢だ。いろいろなトライ&エラーを書き綴りながら、第二の人生の道筋を考えていきたい。

追記）LINEブログは23年6月末にサービスを終了した。

≫朝夕過ごす、かわいい家族（21/12/12）

まずは愛犬について。オスのトイプードル。２０１１年4月20日に父が亡くなった後、寂しいからと母がペットショップで買った。「私が先に死ぬかもしれないのに飼ってもいいのかな」と迷っていたので、「大丈夫、その時はぼくが面倒をみるから」と言って、飼うことが決まった。

母は18年4月15日に亡くなった。残された愛犬。実家は私の自宅から数百ｍの距離で近い。毎日世話はできる。でも、１匹で暮らすことになるのがかわいそうなので、「親戚に譲ったら？」という意見もあった。でも、母との約束があったし、愛犬も実家がとても好き。そのまま実家で飼うことにした。

名前はベル。11年4月7日生まれ。

とにかく元気。投げたボールを取ってくるのが大好きだ。ボールは何度も噛んだため、割れて一部しか残っていない。それでも、すごく気に入っている。

ボールをなかなか渡さないで、じらしていたら、ベルもこちらが取ろうとすると

何よりもボール遊びが好き

さっと身を引くなど、なかなか渡してくれない(笑)。真似をするのだ。でも、最後は、投げてもらいたいので、しつこくボールを持って近寄ってくる。

朝夕散歩に連れていく。全身で喜びを表す彼を見ていると、「愛犬の世話は、他の人には任せられない大事な仕事だ」と実感する。

追記）2023年8月9日、急逝した。7日、食べ物を何度も戻していたので獣医に診てもらうと、糖尿病だという。8日、抱いて外に連れて行くとふらふらしながらもいつも行く公園まで歩いていく。これが最後の散歩だった。9日、実家に行くと、うつ伏せで両足を広げるくつろいだ格好で亡くなっていた。12年4ヵ月生きた。他の犬に吠えかかったりしない優しい犬だった。

野菜作り、やめられない（21／12／12）

3月から翌年1月までの土日のどちらかは、近くの田柄すずしろ農園に行って、野菜作りをしている(土作りのために2月のみ休園)。鍋に入れるとおいしい野菜が、育って収穫を待つばかりだ。大根、ネギ、ブロッコリー、カリフラワー、白菜、キャベツ、人参、カブ、春菊、小松菜、ホウレンソウ。

事実上は農園を借りているのだが、制度上は農家に、「入園料」と「野菜販売代金」を支払い、園主の指導を受けて、野菜を育てている。

野菜作りをしているときは頭が空っぽになって、清々しい気分でいられる。自然と一体化する感じだ。軍手などはしないで、素手で土をいじっている。

我が家は、初めの頃は、野菜をなかなか使い切ることができなかったが、最近はジュースやスープにする技も覚え、ちゃんと消化している。

とりたての野菜は栄養価も高く、美味しい。野菜作りはやめられない。

ネットが急に繫がらなくなった（21／12／20）

12月18日に、三鷹ネットワーク大学で受け持った「くらしとメディアリテラシー」講座の最終回も終わった。やれやれ、これで当面、やるべきこともなく、自由を謳歌できる、と思ったら、急に自宅のネットが繫がらなくなった。昨日のことだ。

ネットに繫がっているテレビでネットフリックスが見られず、気がついた。無線

ＬＡＮの電波は出ていたが、インターネットに繋がっていなかった。

最近はスマホでだいたい何とかなるのだが、先週、もしもネットが繋がらなくなっていたら、40ページのパワポファイルを作ったり、それを三鷹ネットワーク大学に送ったりする作業はできなかったかもしれない。よくがんばってくれた、我が家の古参ネット！

調べたらＮＴＴ東日本のルーターがどうもおかしい。10年以上働き、ガタが来ていたようだ。

今日、新しいルーターに交換。無事、復旧した。

愛着のある身近な道具は不思議なことにこちらのライフステージに合わせるように、急にガタが来たりする。

新しいルーター君、これから10年、よろしく！

年1回の胃カメラ（21／12／25）

東京・池袋のタワーグランディア内科で年１回受けている胃の内視鏡検査。異常なしで、気は晴れ晴れ。

以前、がん研究会有明病院の検査でピロリ菌が見つかり、除去してから毎年検査を行っている。ある時、がん研の山本医師が「有明まで来るのは大変だろう。タワーグランディア内科でも検査を担当している」と言ってくださり、自宅に近い池袋で毎年検査している。

山本先生のすごいのは、鎮静剤で全く苦痛を感じさせずに、あっという間に検査してしまうところ。今日も知らぬ間に検査が終わっていた。眠っていたのかいないのかもわからないうちに検査が終わっている。

胃カメラは苦手だったが、苦しまずに検査が終わり、しかも、診察をその場ですぐに行ってくれるので、短時間で胃の様子がわかる。おかげでがんを心配せずに、美味しいものが食べられる！

》何を優先してどう生きる？（21／12／28）

41年の会社人生が終わり、片付けを始めたが、なかなか終わらない。

これからも取材するデジタル社会、超高齢社会関連の本は本棚にまとめたが、それ以外のジャンルの本は、行き場を失い、グジャグジャ。会社に勤めていた時は、仕事で必要な本を優先して読んでいたが、これからは何でも読める。そう思って、実家に置いておいた本も自宅に持ってきた。それで、収拾がつかなくなった。

これから何をしていくか、どんな人生を歩むかで、読む本も変わってくる。それが定まらないから、片付かないのだと気づいた。

これからの人生で何に集中的に取り組むか。残り少ない人生での「選択と集中」をしっかり考えなければいけない。

セカンドステージは一からスタートしようと思い、10年間、関わってきた高校の同窓会活動からも離れた。付き合う人もガラリと変わるだろう。こちらから積極的に働きかけないと、人付き合いはほとんどなくなるかもしれない。

仕事でお世話になった人。同窓会で一緒に活動した人。音信不通になってから時間が経って、どうしているか気になる人。連絡をとって、私がセカンドステージに入ったことを伝えなければ。

年賀状を500枚買った。年賀状は、2010年に出したのを最後に書いていなかった。12年ぶりに出す年賀状が、これからの繋がりのきっかけになる。

会社を退職すると、することや行く場所がなくなると、よく言われる。

「大切なのはきょうようときょういく。教養と教育ではありません。今日行く(場所)と今日(の)用です」というのが、高齢者生き方講座のお決まりのフレーズ。でも、最近の高齢者はそんなに暇ではない。

生計を営むための仕事という、絶対的に優先しなければならないものがなくなった結果、それまで後ろにいた興味、関心が自己主張を始める。

ネットフリックスでドラマや映画を観まくってもいい。ネット麻雀も好きなだけ打てる。ゴルフ三昧もいいかもしれない。

でも、こうした娯楽のジャンルは第二の人生の中心にはならなそうだ。

何を中心に据えれば収まりがよくなるのだろうか。

本当に好きなことは何か。それだけをしていれば楽しいということは何なのか?

老年期の生き方をしっかり考えなければ、前には進めないようだ。

≫雪かき（22／1／7）

昨日の大雪で、家の前の道は凍結。とても危ない。通行人も多く、近所の若いお母さんたちと子供たち、住宅建設で来ている大工さんたちが、雪かきを始めていた。11時に友人と会う約束があったが、遅れて参加するとメッセージを送って、雪かきに参加した。

カチカチに凍った道は、シャベルやクワでも砕けない。何十回も熱湯を運んでかけ、溶かしては叩き、溶かしては砕く作業を繰り返した。

家の前はなんとかアスファルトが見える空間ができたが、広い道路に出るところまで30ｍくらいが手付かずで、そこも、皆で雪かきした。2時間ほどの作業で、家の周りはすっかり雪や氷がなくなり、その先の道も歩けるところができ、通行する人たちも喜んでいた。

若いお母さんたち、大工のお兄ちゃんたちと仲良く作業し、楽しかった。

地域でのささやかな交流。

こういう感じの毎日が続けばいいと思った。

ハローワークに行って「仕事」について考えた（22／1／29）

昨日、ハローワーク池袋に行った。

離職票、マイナンバーカード、顔写真、預金通帳などを用意、求職申込書を書くと、「高年齢求職者給付金」が支給される。そのためにハローワークに行ったのだが、形式とはいえ、職業相談をする時間があった。

求職申込書を見ながら、相談員と話した。

ほとんどの項目は、書きようがなかった。希望する仕事1、希望する仕事2——。書いてもそんな仕事はたぶんなく、無駄になりそうなので何も書かなかった。

興味のある仕事があればフルタイムで勤めることもやぶさかではない。例えば、「新雑誌創刊、編集者募集、年齢不問」というような夢みたいな話があればフルタイムでも働きたいが、そんな話はまず、ない。高齢者に求職があるのは頭文字Kの仕事ばかり。警備、（マンションの）管理人、片付け、交通整理などなど。自分のこれまでの経験が生かせる仕事は少ない。

働くか働かないかは、仕事次第だから、希望勤務時間、希望賃金も書かなかった。若者を助ける仕事、小遣い程度でOKというような項目があればいいのだが、ない。現役の人と同じフォーマットでは答えようがない。

そんな本音を話したら、相談員は、「わかりました。何も書かなくていいです」と笑っていた。

ハローワークで仕事を探しても、なかなか面白い仕事は見つかりそうにない。

自分で仕事を作り出す心意気が必要と感じた。

第2章

模索

退職して3ヵ月ほどたつと、整理にも飽きて、新しいことをしたくなる。

退職後の目標として、家族との暮らしを大切にしたい、若い世代に経験や知識を伝えたい、これまで取り組んできた仕事、趣味、そして人付き合いなど、あらゆる分野で総括・仕上げをしたい——。そんな思いはある。

けれども具体的にはまだ何もしていなかった。

そこで、まずは一歩を踏み出してみることにした。

歩き出すことで、何ができるのか、何がしたいのか、何をすべきなのかが、見えてくると信じて——。

≫大人の文化祭映像、ユーチューブにアップ（22／3／4）

昨年11月に、高校の母校（都立富士高校）の卒業生有志が「大人の文化祭」という画期的なイベントを行った。創立100周年を記念してのイベントで、なかのZEROのホールや部屋を借りて、高校時代の文化祭を思い出して、1日、展示やパフォーマンスを繰り広げた。

大人の文化祭当日は、「取材」に徹した。皆、自分のことで手一杯で、全体を見渡すことができないからだ。三脚などを購入して、スマホで撮影した。

撮った映像は、編集ソフトを使って、カットしたり、繋げたりしなければならない。テロップやタイトル、ナレーションも入れたい。しかし、どうすればいいかわらない。そこで、Udemyの講座を受講したりした。

そんな回り道をしながら、なんとかAdobePremiereProで、「大人の文化祭」の映像を作った。2時間を超える大作になってしまった。

この映像作り体験、いずれ生きる気がする。

前三菱一号館美術館館長の高橋明也さんもトークイベントに参加

ユーチューブの「大人の文化祭」映像

≫iPhone13Proを買う（22／3／4）

iPadの画面が割れて、銀座のアップルストアに修理に来た。修理といっても、実際は交換になる場合が多い。アップルケアという保証サービスに入っているので、4400円で新品と交換してもらった。アップルはお店でMacもiPhoneも修理してくれるので助かる。iPhoneの画面もヒビが入っているので修理（交換）しようと思ったら、なんとiPhoneは保証期限切れだった。実費だと3万円以上かかるという。

それならばと、思い切って新機能満載のiPhone13Proを買った。

引き、寄りの写真も撮れるようになったほか、動画機能もアップ。一番動きが激しい人に焦点を自動で合わせる新機能などが搭載されているという。12万6000円。5Gで、データは使い放題なので、撮った動画をすぐにユーチューブにアップできる！

新しい生活の良き友に、iPhone13Proはなってくれそうだ。

≫俳句講座を始める（22／3／9）

ＮＨＫ学園の生涯学習通信講座「はじめての俳句」を受講し始めた。通信講座というと、今どきはオンラインで講師とやりとりしながら進めるようなイメージがあるが、教材と封筒などが送られてくる昔ながらの通信講座だった。

まずは、テキスト「はじめての俳句」を読む。

「たった十七音という言葉の世界が、いかに広く、大きなものであるかということに驚かされます」。早くその境地に達したいなどと思いながら第一章を読み終わると、第１回リポートが課せられる。リポートノートをＮＨＫ学園に送ると、添削をして送り返してくれる。

俳句は５７５で文字を並べ、そこに季語を入れればいいので、とりあえず始めるにあたってのハードルは低そうだ。けれど、書いた17音が、伝わるのか、面白いのか、俳句として成立するのかが、全くわからない。とにかく書いてみて、添削をしてもらわないと前に進めないと思い、受講した。

リポートノートでは、俳句を始めたきっかけや目標を書く欄もあった。TBSの「プレバト!!」という番組で、出演者の俳句の才能のあるなしを査定するコーナーがあるが、才能を査定する夏井いつきさんの俳句の添削ぶりが見事で、夏井さんの「世界一わかりやすい俳句の授業」も思わず読んでしまった。それがきっかけか。

だが、思い起こせば、50代の時に森村誠一さんの「写真俳句のすすめ」を読んで、会社を退職したら、のんびりカメラ片手に写真俳句でもやろうか、と思っていた。そのタイミンが来たということかもしれない。

さらに遡れば赤瀬川原平さんの「老人力」で、「路上観察学会」なる活動を知り、赤瀬川さんの「老人とカメラ——散歩の楽しみ」も読んだ。退職後は是非、カメラを持ってあちこち散歩したいと思った。散歩にカメラ。撮った写真はブログにアップして文章を書く? いや、高齢になってから、たくさん書くのはちょっとしんどい。ならば写真に俳句を付けるのもいい、と考えた。

森村誠一さんや赤瀬川原平さんは、「老い」に対して前向きだった。最近は、お金も仕事も夢もない悲惨な老後の現状を訴える人が増え、世の老人たちの不安を煽っているが、「高齢者」になってからの暮らしは、今のところ、すごく楽しい。
とにかく自由で、何をしても楽しい。
森村誠一さんや赤瀬川原平さんの前向きな姿勢に学ばなければいけない。
そのためにも俳句はマスターしたい。

「はじめての俳句」修了（22／12／24）

3月に始めた俳句講座「はじめての俳句」は、5回、リポートを提出し、修了した。添削してもらった俳句を紹介しよう。

寒桜袱紗さばき手品のよう（先生のご自宅での茶道の稽古。冬なのに庭には寒桜が咲き乱れる。部屋の中では袱紗さばきに悪戦苦闘する私）

たわわなりわが丹精の秋茄子（なすび）（市民農園で夏に植えたトマトやキュウリは夏の間に枯れてしまうが、ナスは手入れをすると秋に再び命を吹き返す）

澄む秋のリヒター展の熱気かな（ゲルハルト・リヒター展。東京国立近代美術館の展示は撮影自由。自分の「リヒター展」をカメラに収める人たちの熱気を感じた）

新涼や曽祖母も来てお食い初め（お食い初めで曽祖母に満面の笑みを見せるひ孫）

山粧ふ中を挨拶交わしつつ（山歩きでは、すれ違う人たちと挨拶を交わす。それがとても気持ち良い）

丹精の練馬大根洗いけり（市民農園で作った練馬大根は丁寧に表園を磨いて、園主に渡すと、沢庵漬けにしてくれる。大根を洗う楽しい1日）

俳句は、その時々の季節感と光景を素直に描写することが大切だと学んだ。写真に「思い」を表現する俳句を付けたいと思って作ってみたが、「思い」を前面に出すと添削で直されてしまった。内面の描写は難しく、光景を描く中で、読者に感じ取ってもらうしかないのかなと感じた。

とはいえ、自分らしい俳句は作りたい。

「はじめての俳句」の次の講座もあるのだが、しばらくはいろいろな俳句を読み、どんな表現が許されるのか探ってみたい。

俳句は「写真俳句」のつもりで作ったので、写真とともに次ページ以降で紹介しておく。

寒桜袱紗さばき手品のよう

たわわなりわが丹精の秋茄子（なすび）

澄む秋のリヒター展の熱気かな

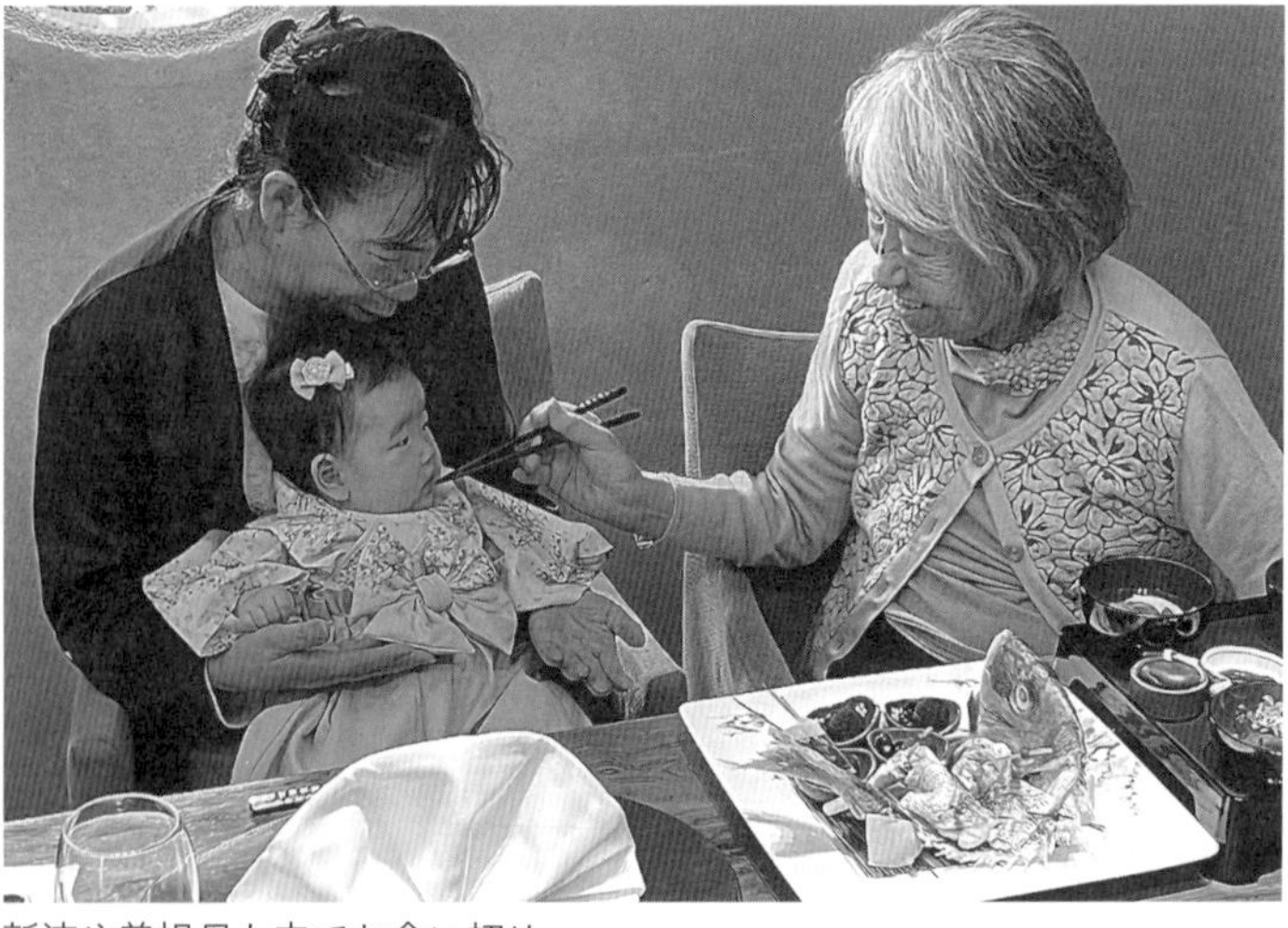

新涼や曽祖母も来てお食い初め

山粧ふ中を挨拶交わしつつ

丹精の練馬大根洗いけり

≫〝バーチャルラジオ局〟でインタビュー番組（22／4／5）

2011年から12年までラジオNIKKEIで作っていた「集まれ！ほっとエイジ」という超高齢社会を考える番組をネットで復活させようと、ビデオ会議システム「ズーム」を使って、インタビュー番組を始めた。

当時一緒にキャスターを務めていた町亞聖さんに提案すると、「人脈を広げることはプラス」と言って快諾してくれた。新番組のタイトルは「翔べ！ほっとエイジ」。人生100年時代の歩き方を取り上げる。今回は4月1日から成人年齢が20歳から18歳に引き下げられたことに伴い、これまで未成年ということで守られてきた18歳、19歳が消費者トラブルに巻き込まれる恐れがあることについて識者4人にインタビューすることにした。

昨日は午前中、「18歳」という短編映画を作った犬堂一利監督にインタビュー。

夕方、消費者教育の権威、西村隆男横浜国立大学名誉教授にお話を伺った。

「集まれ！ほっとエイジ」は、ラジオ放送した後、音声をポッドキャストで流し、番組をインタビュー記事に再構成して、日経電子版に掲載していた。「翔べ！ほっとエイジ」もポッドキャストで配信した後、noteにインタビュー記事を掲載。最終的には電子書籍で出版する考えだ。

日経を退職し、新聞というメディアが使えなくなった今、新しいメディアを立ち上げなければ、なかなか取材もしにくい。まずはタイムリーに取材をする〝バーチャルラジオ局〟を開設した。

取材の過程は、新聞社では原則、公開しない。しかし、専門家へのインタビューなどは公開可能ではないかと思い、いわば、「公開取材」を番組にすることにした。新聞記事では数行のコメントでも、1時間程度のインタビューをしていることが多い。取材の模様を公開すれば、読者は取材記者と同レベルの情報が共有できる。

町亞聖さんはフリーのアナウンサーとして活躍しており、番組の進め方がとても上手だが、取材経験も豊富で、質問が的を射ている。町さんのおかげで、現役時代の感覚が蘇ってくる。ずっと続けたい。

追記）その後、番組はユーチューブを中心にして、流している。

町亞聖さんと始めたインタビュー番組「翔べ！ほっとエイジ」

ユーチューブのチャンネル

第3章

健康

高齢になって、誰もが気にするのが、健康だ。

少しでも長く、自由に自立して生きるために、健康でありたい。

高齢になると、健康を維持するのが難しくなる。生活習慣病に配慮すると同時に、フレイルと言われる体の衰えにも気をつけなければならないからだ。

肉や野菜をしっかりととる。でも、間食や夜食は控える。そうした食習慣とともに、十分な運動が必要だ。

健康のことで頭がいっぱいになるのもどうかと思うが、自分らしい健康法を考え、自然に取り組めるようになると、生活に張りが出てくる。

歯と歯茎のメンテナンス（22／1／18）

月1回、歯と歯茎のクリーニングを若い頃から通っている大手町の近藤歯科医院でしてもらっている。歯のメンテナンス、明細書を見ると「歯周病安定期治療」というらしい。

およそ1時間、歯と歯茎の状態をみてもらい、歯石や歯と歯の間の汚れをとってもらう。

歯科衛生士さんが定期的に歯をきれいにしてくれるので、めったに虫歯にならなくなったし、死ぬまで入れ歯のお世話にならなくて済みそうという。

歯の定期的なメンテナンスは、人生100年時代を楽しく歩くために不可欠だ。

朝は野菜ジュース（22／1／24）

朝、にんじんジュースを飲み、昼は蕎麦。夜は好きなもので、ダイエットできるという本を読み、にんじんジュースダイエットを始めたのが2005年。それからずっと野菜ジュースを飲み続けている。最近は、グレードアップした野菜ジュースになっている。

ジューサーを使わず、ミキサーを使うのだ。ジューサーだとほとんどがカスとなり、食物繊維も捨ててしまう。ミキサーでは、みんな入れてしまう（農薬などが怖いので皮はむくが）。

同居している92歳の義理の母は酸っぱいものが苦手。野菜も歯が悪くてつぶさないと食べられない。その母が「美味しい」と毎日飲んでくれる野菜ジュースのレシピを紹介しよう。

必須なのはりんご（1個）、バナナ（1本）、キウイフルーツ（1個）、ヨーグルト（小カップ一杯くらい）、牛乳（野菜などをいれた後、ミキサーで10㎝くらいの高さになるくらい）。これに野菜を入れる。今日は小松菜だが、代わりに大根や大根の葉、人参の葉、ピーマンなどでもいい。牛乳と同じくらいの分量を入れる。

これだけでもいいのだが、味付け果物として、旬の果物を入れる。今回は富有柿（皮をむいて種をとる）。味付け果物としては、ブドウ、みかん、サクランボ、梨などもＯＫ。１年中、手に入るパイナップルもよく入れる。

すると、甘すぎず、苦すぎない、絶妙な美味のジュースができる。

最後にアマニオイルをスプーン一杯くらいたらして飲む。

野菜はいつもとれたてを使うので栄養満点。

朝、家族のために、野菜ジュースを作るのが日課だ。

≫ついに薬のお世話に（22／9／28）

今日は東京女子医科大学病院で、血液などの検査。

体重は75kg以下を目指していたのに、増える一方で最近は80kgを超える。

予想通り、ＬＤＬ（悪玉）コレステロールが174mg／ｄＬ、中性脂肪が150mg／ｄＬ、血糖が114mg／ｄＬと高かった。

今日は頸動脈の超音波検査も行った。頸動脈は、コレステロールが蓄積しやすく、心臓や脳の血管にコレステロールが蓄積していないかを予測することができるらしい。

残念ながら、コレステロールの蓄積が見られた。

担当の徳重克年医師は「薬で治療しないと、動脈硬化になる」という。これまでなんとかダイエットで薬を飲まずに済ませてきたが、太る一方でついに動脈硬化の兆しが現れた。

飲み薬を飲まずに過ごしてきたが、残念ながらコレステロールを減らす薬を飲むことになった。身長マイナス100。体重72kgが目標だったが80kg超では仕方がない。

足腰に負担もかけるので、薬は飲み始めるが、もう一度、減量に努めたい。

≫ダイエット作戦、本格始動！（22／9／29）

昨日、コレステロールの値を下げる薬を処方されたが、今後、コレステロールの数値が下がっても、「薬のおかげ」では面白くない。考えを変えて、次の診療日、11月30日までに、食生活の改善と運動で10kg減量し、数値を減らすことにした。それまで薬は飲まない。

食生活の改善は「食べない」ことが中心になるが、アクティブな活動も取り入れたい。そこで、積極的に運動することにした。

左膝が曲がらなくなって痛みもあるが、できる範囲でジョギング+ウォーキングをしたいのでシューズを買った。水中歩行がいいと聞いたので、スイムパンツ、スイミングキャップも買った。光が丘体育館のプールが近い。65歳以上は一般の人の半額の1時間100円で利用できる。明日、早速、行ってみよう。

近くに行く時は、雨でない限り車は使わず、自転車で行くことにする。

自転車は見通しの良い道では全力でこぎ、脚を鍛える。息が切れるほどこぐ。

山にも月2回程度行こうと思う。まずは高尾山。

食生活は「腹八分目」が基本。菓子は、茶道の稽古とか、特別な理由がない限り、食べない。

「空腹感」を楽しむ。

朝は野菜ジュース。昼は軽めに。野菜スープや野菜サラダなどを中心にしたい。夜は普通に。ご飯は一膳まで。

まさに、背水の陣のダイエット作戦!

水中ウォーク、効きそう（22／9／30）

今日は光が丘体育館のプールに行った。地下2階がプール。9時から21時15分まで利用できる。料金は65歳以上は通常の半額の1時間100円。

9時前。65歳の私より年配に見える方々がたくさんオープンを待っていた。

9時になると自動改札のようなところを通って更衣室へ。

プールは25mプールと子供用プールがあり、25mプールは、1コースがウォーキングコースになっていた。板を敷いて歩きやすくしてある。

往復5回泳ぎ、あとはずっと歩いていた。

初めは効果あるのかな?と思っていたが、太ももがパンパンになってきた。

30分ほどで飽きてきたが、2時間、歩き続けた。

中学の親友T君と高尾山（22／10／4）

久しぶりに山歩きをした。付き合ってくれたのは、中学の親友T君。彼は学生時代スポーツ万能だったが、今は小太り爺さん(笑)。一緒に脚を鍛えようと誘った。

京王線新宿駅で待ち合わせ、8時10分発の高尾山口行き特急で高尾山に向かった。

ケーブルカーの清滝駅。ここから左の道、6号路を行く。渓流沿いの涼しいコース。

やがて山道が途切れ渓流を歩く。そして約400段の階段を上ると、他のルートと合流。そこから頂上へ。

11時19分。山頂。599m。

早速腹ごしらえ。名物とろろそばを食べる。

今日は運が良く富士山が見えた。

平日にも関わらず、土日のような賑わい。都民に人気があることを実感。

遠足できた小学生の集団もいた。

11時57分下山開始。帰りは舗装された1号路。途中でバテれば、ケーブルカーやリフトがあり、最悪の場合は救急車も上ってこれるので、このルートを選んだ。

薬王院、さる園などを経由。眺めの良い十一丁目茶屋で休憩し、団子を食べる。

そこから、かなり急な坂を下りて、14時9分京王線高尾山口駅に到着。恐ろしいことに、しばらく使ってなかった登山靴の靴底が剥がれてどこかに行ってしまったのに気づいた。帰りに、池袋の好日山荘で、新しい登山靴を購入した。

》T君夫妻と金時山に（22／11／16）

今日は、坂田金時（金太郎）ゆかりの山、金時山に。ゴルフを一緒に回ったばかりのT君夫妻と登る。彼らは伊豆別宅からで、箱根湯本からのバスの中で合流。天気は15時から曇りとの予報だが、その頃はゆっくり山を下っている。頂上の展望が楽しみだ。

東京駅で朝食と金時山の頂上で食べる昼食を買うため、自宅から歩いて10分の平和台駅で少し早い電車に乗った。

東京駅で、弁当、お菓子、水とお茶を購入。

新幹線で小田原まで行き、小田原から箱根登山鉄道で箱根湯本へ。

箱根登山バスのバス停に並ぶ。座れないかもと思ったが、大きなバスで、楽々座れた。

ところが、ちょっとしたアクシデント。路線案内で示されるルートとバスが実際に走るルートが途中で異なってきた。T君がこの後、乗り込んでくるバス停には停まってくれたが、降りようと思っていた乙女口には行かなかった。

乙女口は、小田急ハイウェイバスの停留所で、乙女峠経由で金時山に登る最寄りの箱根登山バスの停留所は「乙女峠」だった。

検索システムの誤りか、検索の仕方が悪かったのかはわからないが、気をつけなければ。

T君夫妻は、金時神社入口バス停から乗ってきた。乙女峠バス停で降りて、歩き始める。

ガイドブックとはルートが異なってしまったが今回からYAMAPというアプリで事前に地図をダウンロードしていたので、問題はなかった。

地図を見ながら歩いていると、早速、ルートから外れたのに気づいた。登山口を見落としていた。

少し戻ると、金時山にとても詳しい人がいて、登り方を教えてくれた。

10時43分スタート。52分には乙女峠に。ここでしばし休憩。T君が、「高尾山の団子が忘れられない」とみたらし団子を持ってきてくれた。私は幼なじみが経営する湖池屋のポテトチップを持ってきた。

11時9分、また歩き始める。途中の長尾山では、アーモンドチョコを食べてエネルギー補充。12時59分、頂上に。

早速、金時茶屋のしめじ汁を頼む。用意していたおにぎり弁当にピッタリ。

T君が注文したまさカリーうどん(1000円)が美味しそうで、弁当を食べたのに注文してしまった、辛い!うまい!

金時山は展望がすごい。すぐ目の前に富士山。駿河湾や相模湾、芦ノ湖が見える。

少し頂上の雪が見えた富士山。幻想滝な駿河湾。

店から、金太郎飴のサービスもあった。

13時56分、下山開始。ここからストックを使って山を下りる。

2人は、かなり疲れたようだった。

金時山山頂

白い湯の温泉で疲れもとれる

ガイドブックのルートとは違うが、T君が車を停めている公時神社に行く下山ルートへ。YAMAPの地図が今日はとても役立った。

途中、金時宿り石があった。坂田金時と母親が夜露をしのいだとされる大岩だ。

15時36分、神社に到着。15時53分、駐車場に停めていたT君の車で、温泉のある旅館「万寿屋」へ。前日に電話をして予約していた。入浴料は1人900円。白濁の本格的な温泉。いい温泉に浸かると疲れがとれる。

T君夫妻とは近くの仙石案内所のバス停で別れ、そこから、小田急のハイウェイバスで、バスタ新宿へ。1940円。行きは5048円。箱根はハイウェイバス利用がお得。

到着したのは20時8分。予定より43分の遅れ。でも楽だった〜。

楽しい1日だった。T君夫妻、ありがとう♪

高尾山〜陣馬山（22／11／25）

来週あたりから冬の気候になり、穏やかな秋の山行ができるのも今週いっぱいとみて、山に行くことにした。高尾山から陣馬山まで。これまでの初級コースを繋ぎ合わせた体験済みのルートだが、合わせると、7時間を超える歩行時間になる。

最寄駅の平和台駅発。行きは府中本町、分倍河原経由で高尾山口へ。途中、朝霞台駅で水とおにぎり、お菓子を購入した。

高尾山駅に8時に到着。少し歩き、8時15分発のケーブルカーに乗った。紅葉を楽しむにはケーブルカーに乗るのが一番いい。

高尾山駅に到着。しばらく歩くと十一丁目茶屋にぶつかる。まだ開店前。これを右折。さる園を通り過ぎて、紅葉が見られる4号路の入り口に。吊り橋を渡る。

高尾山は登り始めのルートは単調。ならばケーブルカーに乗っていきなり4号路のような楽しい道を歩いた方がいいかもしれない。高尾山山頂は、いつもソフトクリームを食べる店が開いていた。ここで、冷やしとろろ蕎麦を食べる。

高尾山のビジターセンター近くのトイレに。山の上だが、とてもきれい。高尾山の山頂で、これからの長い山歩きの準備がしっかりできるのがありがたい。

少し雲に隠れているが、富士山もよく見える好天。ここから陣馬山まで5時間。

9時43分、高尾山から陣馬山へ向けてスタート。

もみじ台の茶屋は準備中。19日に歩いたルートと逆のルートを歩く。

小仏城山では、19日に開いていた店は休みだったが、別の店が開いていたので、みそ田楽を食べてエネルギーを補給した。

11時19分景信山に登る。まだまだ疲れていない。行けそう。

景信山は茶屋は閉まっていて廃墟のよう。水とチョコレートを補給して、すぐ陣馬山へ。あと5.8kmもある。

なだらかなアップダウンが続く。

たまに急な登りと遭遇するが左にまき道がある。ほとんどの人はまき道を歩いていた。

YAMAPの推奨ルートもまき道だった。

明王峠もかつては茶屋があったようだ。高尾山の近くは茶屋がまだ営業しているが、陣馬山までの道のりでは、かつて開いていた茶屋は営業が成り立たなかったようだ。

14時30分陣馬山山頂。陣馬山は360度展望が開けている。

茶屋を探したが、どこも閉まっている。

一軒だけ清水茶屋が営業していた！

なめこ汁を頼む。すごくうまい。

この茶屋から富士山もよく見える。

さらに、しるこも頼んだ。もみじ茶屋で食べるつもりだったが、開店前で食べられず。19日に開いていた小仏城山の茶屋はしるこを出していたが、今日はお休み。ようやく、陣馬山でしるこにありつけた。

15時15分、栃谷尾根を下る。急な下りが続く。落ち葉の絨毯のような下り道。

「陣場の湯」の案内板。ＹＡＭＡＰを見ると分岐はまだ先だが、ここから陣場の湯を目指す。

なかなか着かなかったが、16時26分、栃谷分岐に。

もう一軒、「陣屋温泉」があるが、ガイドブックにあった旅館陣渓園を目指す。

16時35分、陣渓園に到着。温泉ではなく、沸かし湯だが、お風呂に入れるのはありがたい。

難点は帰り道。バス停まで30分近く歩かなければならない。18時27分が最終なので、17時45分には旅館を出るつもりで、湯に入った。入浴料1000円。

旅館を出る頃には外は真っ暗。下山の予定が遅れ日が暮れてしまった時に備えて買ったヘッドランプを試すのには好都合だった。

すると——。旅館の女将さんがクルマで追いかけてきてくれた。藤野駅まで送ってくれるという。親切な女将さん！ありがとうございました。

高尾山——陣馬山のちょっとハードな山歩きは無事終わった。

東京女子医大病院で検査、数値改善(22／11／30)

今日は東京女子医大病院の消化器病センター内科で血液検査と診察。前回の血液検査の結果、コレステロール値が相変わらず高く、医師にコレステロール値を下げる薬を処方された。今日はその薬の効果を見るための診察だったのだが、実は薬は飲んでいない。

風邪で熱が出た時以外は、薬をまったく飲まずに暮らしてきたのに、死ぬまで薬漬けの生活になるのには抵抗があり、運動と食事の管理で減量に努めたのだ。今朝計った体重は74.6kg。5kg以上減量したが結果は？

薬を飲まなかったことを医師に責められるのだろうか？

悪玉（LDL）コレステロール値は、168mg／dLとまだ高いが、数値は全体に改善。中性脂肪が105mg／dL、血糖が105mg／dLだった。

医師に薬を飲まなかったことを白状すると、「薬を飲まずに数値を改善するのがベスト」と、むしろ評価してくれた。

薬なしでの数値改善を支持してくれたが、「無理はしないように」といろいろ助言をしてくれた。

また3カ月後に検査を受ける。今度は70kgまで減量し、さらに数値を改善したい。山歩きや水中ウォークは、それ自体、楽しいので、生活の一部として続けていこうと思う。

第4章

家族

子供2人はすでに独立していて、今は妻と妻の母親との3人暮らし。

長男夫婦に昨年長女が生まれ、私はおじいちゃんになった。長女はすでに結婚しているが、コロナ禍で式を挙げられず、5月27日にようやく式を挙げ、私はバージンロードを娘と歩く。

息子も娘も「好きなように生きればいい」と思い、一緒に暮らしている時、何も言わなかったが、妻は「無関心」と評する。確かに、子供のことは妻に任せきりだった。

これからは、息子、娘夫婦や孫、甥、姪、そして妻とは友達のように付き合い、私のお気に入りの店に連れていったりして、ゆっくり話をしたいと思う。

≫実家に住んでいた甥が筑波に引っ越し（22／3／10）

大学生になってしばらくしてから母の住んでいた実家に住むようになった甥。大学院を卒業、希望する宇宙開発の企業に就職が決まった。将来、自ら宇宙飛行士になる可能性もある。筑波で働くことになり、今日、引っ越し荷物を出した。

大学に入ってすぐ彼の母親＝私の妹が亡くなり、念願の宇宙開発の仕事ができるようになった報告もできず、かわいそうだった。東京では親のつもりで親しく接していた。彼は、陸上競技もやりながら、熱心に物理学を学んでいた。

コロナ禍で、お酒を飲みにいくことはなくなったが、昨年秋から毎日、我が家に来るようになっていた。実家の風呂釜が壊れたが、コロナ禍の影響で修理部品が入らず、修理不能に。しかたなく、それから毎日、実家から歩いて2、3分の我が家に風呂に入りにきていたのだ。ついでに我が家の晩御飯も持って帰ってもらっていた。私の手料理も何度も食べ、料理に関心を持ってくれた。将来の奥さんに料理を作ってあげてほしい。愛用の料理本と同じ本を彼に買って渡した。毎日、彼の顔を見られたから、風呂釜が壊れたのは、かえって良かった。

ITが当たり前の現代っ子なのに、別れる前に、我々に手紙を書いて渡してくれた。手書きの文字は、心がこもる。実家の愛犬ベルの散歩を彼が分担してくれることも多かった。明日からは1人でやるしかない。ベルも同居人がいなくなり、寂しいだろうな。

初孫が生まれた（22／5／31）

長男夫婦に長女が生まれた。私にとっては初孫だ。帝王切開による出産。お母さんになったMさん、おつかれさま。そして、ありがとう。

初孫のお食い初め（22／9／24）

5月31日に生まれた初孫（女の子）の「100日祝い」「お食い初め」を9月23日、東京・港区の八芳園で行った。すっかり表情が豊かになった初孫。92歳の義理の母（初孫から見ると曽祖母）に盛んに笑顔を見せていた。節目のイベント、とても楽しかった。

お父さんから

おじいちゃんから

お食い初めの衣装がよく似合う初孫に、箸を使って、赤飯、お吸い物、魚などを与える真似をする。

代わる代わる、食べさせる役を担う。

儀式が終わると、ベビーバギーに戻るのを嫌がり、両親があやす。少し眠くなったようだ。

曽祖母と、ひ孫は、とても波長が合っていた。人生100年時代ならではの光景。

義理の母、93歳の誕生日を祝う（22／9／18）

義理の母（女房の母親）が27日、93歳の誕生日を迎え、夜、お祝いをした。

母は料理も洗い物もできるし、頭もはっきりしているが、足腰が弱っており、すぐ疲れてしまうので、活動できるのは短時間。ウルトラマンのようにすぐにカラータイマーが点滅してしまう。だから、お祝いの直前まで布団の中。

しかしケーキがあることを知ると、俄然、元気に。プレゼントも受け取って、ご満悦。

義理の父が亡くなって1人暮らしとなった母は心臓が悪く、愛媛大学病院でステントを留置しようとしたが、うまくいかなかった。その後、東京に来て一緒に住むようになった。

2014年11月13日、心臓の調子が悪いというので(女房は仕事があり)、私が順天堂大学医学部附属順天堂医院に連れていった。心電図の検査をするため部屋に入ったが、なかなか帰ってこない。すると、「ご家族の方いらっしゃいませんか」と言いながら医師が血相を変えてやってくる。

「心臓が止まったので、すぐ手術をします」

医師はインフォームドコンセントの手続きで手術の同意書を携えている。

「すぐサインします。先生を信じていますからしっかり手術をしてください」。

廊下での立ち話でステントを留置する、メスを使わない手術を行ってもらうことになった。バイパス手術をする時間的余裕はなかった。

手術は無事終了。12月7日退院。それ以降、義理の母は私を「命の恩人」と言って丁重に扱ってくれる(それまでも丁重だったが、一段と)。

そして無事93歳。100歳も視野に入る元気さだ。

母の強運には頭が下がる。心臓の手術で最も実績のある順天堂医院の心電図検査の時に心臓が止まるという、間合いの良さ。他の場所で止まっていたら、どうなっていたかわからない。順天堂医院は、血管の詰まりをダイヤモンドで削り、ステントを留置した。人生100年時代というけれど、こういう強運がなければ、なかなか長生きはできない。

高齢の一人暮らしでは、突発の出来事に対応できない。高齢の方は家族、あるいは血がつながっていなくても、友人や知人と一緒に暮らすことが望まれる。

追記）23年7月4日、深夜に義理の母が息苦しさを訴えた。救急車で高島平中央総合病院に搬送。脳梗塞であることがわかり、緊急入院した。嚥下機能を司る延髄の梗塞だった。ものが食べられないので、胃ろうを造設した。ただ、同病院で新型コロナに感染、入院が長引いて歩けなくなり、体も弱る一方だった。

8月24日、リハビリ病院の竹川病院に転院。身体拘束をしない理想的なケアを行ってくれ、表情は穏やかになった。しかし、体力の衰えは止められず、リハビリできる体力の維持が難しくなった。そこで、母を自宅に戻すことにした。

1日6回の痰の吸引、胃ろうからの栄養補給など、医療的措置も必要だが、介護保険で看護師に訪問してもらえるのは1日1回が限度。そうなると大部分のケアは家族で行うしかない。それを女房1人に任せるわけにはいかず、私も痰の吸引などを竹川病院の看護師から学んだ。

家族介護は大変だが、幸い、医療、介護でサポートしてくれる良いチームができた。

母には最期まで笑顔で過ごしてもらいたい。介護は大変だが、母をケアするのは大事なライフイベント。楽しんで介護に取り組みたい。

ささやかに女房の誕生日を祝う（22／12／29）

12月28日は女房の誕生日だが、世間は仕事納めの日。大掃除などで慌ただしく、お祝いはテイクアウトの穴子弁当とケーキで簡単に。

女房のことは書き出したらキリがないからサラッと。

私が、新聞社の愛媛県松山支局にいる時に、県庁の記者クラブにいた、来島どっくのオーナー、坪内寿夫が経営する地方新聞「日刊新愛媛」の記者が女房のY子。坪内は当時の愛媛県知事、白石春樹と激しく対立。日刊新愛媛は、知事に近い経済人の「陰謀」を暴くようなコラムを売りにしていた。そんな中で、Y子は県庁の記者クラブにいて、医療や教育など、真っ当な記事を書いていた。

当時、県紙の愛媛新聞は記者を公募しておらず，日刊新愛媛は、記者志望の若者たちの人気の就職先だった。新愛媛の若手記者の多くは、内心、夕刊紙のような日刊新愛媛のコラムには反発があったようだ。だから、きちんと取材してスクープをものにしようという意地が若手記者たちにはあった。

ところが結局、若い記者たちも坪内対白石の対立構図に巻き込まれてしまった。日刊新愛媛は、県が松山市に圧力をかけたという記事を書いたことがきっかけで県から「取材拒否」を受けるのだ。この記事は，他の全国紙も取り上げ、信憑性の高い記事だったのだが，新愛媛だけが知事の逆鱗に触れ、ターゲットにされた。

「取材拒否」というが、それは拒否を超えて妨害にまで至っていた。Y子は「県共催」

というだけで、大街道商店街で行われた祭りの写真の撮影をも妨害され、その様子が朝日新聞や週刊朝日に掲載された。

Y子はそんな扱いにもめげず、あらゆるツテを使って取材、ちゃんとした記事を書き続けていた。発表資料を返せと、県の職員に迫られた時は、女子トイレに逃げ込み、資料を全部写してから、返却した。

周りには、結婚するようなタイプには見えなかったようで(笑)、私が日刊新愛媛の記者と結婚するとだけ聞いた人は、例外なく、相手は市役所担当の記者、Mさんと勘違いしていた。

結婚後、専業主婦、教育ママをせざるを得なかったが、いまは消費者問題の専門紙の記者をしている。悪質商法の不正や、消費者被害を防ぎきれない行政の対策の遅れを厳しく追及している。まさに水を得た魚状態。

「これおかしいよな」という怒る場面が同じだったのが、結婚する決め手になった。

私の記事に対しても「バランスが取れた愛のある記事」と評価してくれていた。

ただ、同じ新聞記者と結婚したら、理解してくれていいかもと思ったのは間違いだった。

毎晩、遅く帰ってきても「大変ね」とは言われない。「どうせ飲み歩いているんだろう」とわかってしまう。

彼女が専業主婦の時代は「自分だけいい思いをして」と恨まれている感じがヒシヒシと伝わってきていた。

だから、退職後は、週の半分は晩ごはん作りを担当している。

ともに現役から引退すれば、一緒に仕事をする機会もあるかもしれない。晩年は楽しく、「ジャーナリストしたい」と思う。

太極拳にハマっていて、忙しい中でも夜のレッスンに毎週通っているほか、土曜日は地元で長く続いている太極拳の同好会を、中心になって引っ張っている。

正月、家族が集まった（23／1／1）

正月、息子夫婦（プラス初孫）、娘夫婦が訪ねてきて、久しぶりに賑やかな正月になった。

長男夫婦、長女夫婦について簡単に。

長男は、自由に伸び伸び生きてきた。中学の時だったか、文化祭で、「ゴキブリレース」を主催するような面白い奴だった。長男の中学の教師は、私の中学時代の同級生で、彼の話によると、長男は授業中、黒板に書いたことを写しもせずひたすら話を聞いていたという。教科書は学校に置きっぱなしだった。

彼の人生の役に立つことはあまりしていないが、彼がまだ小学生の頃、ＩＴ雑誌の編集長になり、彼のＩＴに対する関心を呼びさますことになったのは良かったと思っている。家にはパソコンもテレビゲームもあって、ＩＴを楽しめる環境を用意できた。

大学院の修士を修了し、米国のＩＴ大手に、ソフトウェアエンジニアとして就職した。留学もしていないのに基礎英語の積み重ねで、英語も流暢に話す。

その企業でずっと働くのかと思ったら、自分の能力を発揮できないと言って突然、退職。ＩＴ人材などの求人を行うスタートアップ企業Ｗ社に初期メンバーとして参画。システム部門を担っていた。ＡＩによる名刺管理ソフトも作るなど、顧客サービスにつながるITの仕事もしていた。

W社は、給料や待遇などの条件ではなく、やりがいや環境で求人者と求職者をマッチングする、新しい人材ビジネスを展開していた。いつのまにか上場までしてしまった。小さな会社と思っていたのに、結婚披露宴で彼を祝う後輩の数がとても多かったのに驚いた。

その後、W社も辞めて、AIで文字起こしを行うサービスを提供する企業R社を起業した。

41年も同じ会社にいた私から見ると、どんどん変化していく彼に驚くが、変化しながらもちゃんと一本筋が通った生き方をしていて安心して見ていられる。

今は子育ても楽しむ優しいパパでもある(育児休暇もちゃんと取った)。

彼の奥さんになったMさんは、企業や行政とタイアップして、新しい研究、事業、イベントに取り組むスタートアップ企業に勤めている。音大出で、感性が豊か。長女が生まれてからは100点満点以上の母親ぶりだ。企業などと新しい未来を形作る仕事をしてきた彼女は、子育てや家庭についても、しっかりした考えがあるのだろう。

ミクシィのアプリ「みてね」で子供（私にとっては孫）の写真や動画を毎日のように配信してくれ、我が家では最高のエンターテイメントになっている。

さて、次は長女について。

とても個性的だ。

子供の頃から、文章を丸々暗記するのが得意だった。憲法の大事な条文や小説の印象的な一節などは今でも記憶にとどめており、正確に再現する。

カラオケではどんな曲も歌ってしまう。あまり抑揚もなく、みんな同じ歌に聞こえるのだが（笑）、採点付きカラオケではなぜか高得点をゲットする。

ニュースやドラマを一緒に見ていて、たまに発するコメントはユニーク。テレビで評論家やニュースキャスターが話すようなことをおうむ返しで話すような人が世の中には多いのに、彼女は、リアルなものの見方、説得力のある分析を披露してくれ、いつもなるほどと感心する。

両親が新聞記者であることが逆に「記者にはなりたく」と思わせてしまったようで、ものを書く仕事には就かなかったが、ペンを持ったらきっと面白いものを書く。

彼女が小学生の頃、私が長男とマリオカートなどのゲームで遊んでいると、後ろで見ているばかりだった。ゲームは嫌いなのかと思っていた。しかし、取材先のゲーム会社から、「試してみて」とポケモンのゲームボーイソフトのベータ版をもらい、長女に渡すと、すっかりゲームにハマってしまった。彼女のゲーム好きは、私のせいだ。

夫になったHさんと長女の出会いは、十数年前に一部ユーザーに熱狂的に支持されていたネットゲームだったという。群雄割拠する国々が版図拡大を画策するゲーム。他人のことなど考えずに、策略を巡らすプレーヤーが多い中で、荒れ狂うキャラのプレーヤーをなだめるのが得意なプレーヤーがいた。それがHさん。Hさんからみると、長女も荒れ狂っていたという(笑)。

ゲームは気晴らしでするという人は多い。長女もきっとそうなのだろう。ネットゲームでうっぷんを晴らしている時に、妙に「大人」の彼がいた。

通常、容姿や、仕事、家庭環境などある意味、「わかりやすい条件」が結婚の決め手になるのだが、長女とHさんは、まず、相手の中身、本質を見ていた。

正月に長男夫妻と初孫、長女夫妻が来訪。久しぶりに賑やかに

初孫が我が家に来てくれて嬉しい

それが10年以上、変わらず続き、「一緒に暮らすのが自然」と互いに思うまで、関係が深まったようだ。ゲームも捨てたものではない。

Hさんは広告／印刷会社に勤めている。そこでも「調整」は、彼の得意技のようだ。家庭では、長女よりも料理をよくするらしい。

Hさんは、人間ができていて、長女にとっては最高の夫だと思う。

長女は地方自治体に勤めているが、今は、国民健康保険料の滞納者に保険料の支払いを促すという、聞いただけでしんどそうな仕事をしている。

妻とは良く連絡をとっている。妻への誕生日のプレゼントは欠かさない。祖母にも良く会いにきてくれる。優しい長女だ。

姪と明治神宮初詣（23／1／2）

コロナ禍になってから一度も会っていなかった姪のMちゃん。福岡出身で明治神宮に行ったことがないというので、明治神宮で初詣をした。たくさんの鳥居を経て、仮設の賽銭箱へ。

明治神宮ミュージアムも見学。その後、FOREST TERRACE明治神宮でランチをした。

姪は26歳。ドラマ「silent」の主演、目黒蓮（Snow Man）のこと、Kis-My-Ft2の玉森裕太のこと、King & Princeの分裂劇など、ジャニーズ関連の話をふむふむと聞く。やはり若い人と話さないと芸能界情報にはついていけない。

彼女は子供が好きで、小児専門の大病院を経て、今は保育園の看護師として働く。1〜5歳のかわいい子供たちを預かる仕事はとても楽しく充実しているようだった。元気な様子でほっとした。雑談は続く。

ジャニーズの男優が注目されているが、実は仮面ライダーの主演を務めた俳優がすごい、と教えられた。

佐藤健、竹内涼真、吉沢亮、菅田将暉、福士蒼汰…。みんな仮面ライダー出身だという。

若い世代の話ならなんでも聞ける姪は貴重な存在だ。

第5章

旧交

私は高校の同窓会活動を10年間、続けていたので、他の人よりは旧交を温める機会は多かったと思うが、新型コロナが蔓延してから、人に会うことがめっきり少なくなった。

退職したら、まずは、旧交を温めたい。できれば、これからやりたいことが何も決まっていない時に、旧友と語り合いたい。

ただ、「懐かしいから」「楽しそうだから」会う。

実は、1年も経つと、「仕事のため」に会う人が増えてくる。

純粋に旧交を温める楽しさを振り返る。

≫出版社時代の友人とゴルフで旧交を温める（22／4／21）

昨日は、日経ホーム出版社（現在は日経BP）日経トレンディ編集部で副編集長をしていた時の編集長、Kさん、印刷会社にいるWさん、Iさんと、リバーサイドフェニックスゴルフクラブ（埼玉県上尾市）で、ラウンドした。彼らとは2012年から、「ゴルフフェスタCHIBA」というイベントを利用して、毎年、夏休みにゴルフをしている。会社を退職したと聞いて、平日ゴルフに付き合ってくれた。

ゴルフを始めたのはKさんがトレンディ編集部から異動する時の送別ゴルフがきっかけ。そのゴルフは雨で流れたが、その後、Kさんや、職場の仲間に誘われたらラウンドする、という感じで、ゴルフを続けた。

Kさんは大のゴルフ好きで、腱鞘炎になるほどゴルフをされていた。ラウンド中に、新都心打法（さいたま市在住なのでこう命名。クラブの芯とボールの芯をぶつける「芯と芯」打法）と言いながら打ったり、好きな海外プロゴルファーの真似をしてみたり、パフォーマンスもユニーク。

「パットをうち終わったら早足でグリーンから出る」といったマナーは教えてくれるが、他人の打ち方についてはほとんど口を出さない。たとえ下手でもそれぞれがマナーを守り、個性を生かしたゴルフを楽しんでいれば、ＯＫという感じだ。「ゴルフは楽しむもの」という考え方に徹している。

私がゴルフを本格的に始めたのは群馬に行ってから。ブログ「ぐんぐんぐんま」（今は「とうとう高齢者！」に改名）にラウンドの模様やスコアを書いて、奮起した。しかし、スコアは91がベスト。90を切れそうで切れない。

それでも、２０１３年に、コンペで2度優勝した。これからどんどんうまくなるという幻想を抱いた途端、どうしたことか、打てばほとんど真右に行ってしまうシャンク病に取り憑かれた。ドローやフェードなどを打ち分けているうちに、打ち方に変なクセがついてしまったのかもしれない。

昨年までずっと治らず、ゴルフはちっとも楽しいスポーツではなくなっていた。だから、65歳になって、やめるもの、続けるものを考えた時、ゴルフはやめるものの候補の筆頭だった。

でも、ゴルフで繋がった関係は多い。旧交を温めるならゴルフを続けたい。

だから、とにかく練習してシャンクを克服しようと思った。

幸い、練習場ではシャンクはまったく出なくなった。

ゴルフ場ではどうなのか、初めて試す機会が昨日だった。

ゴルフはターゲットの10㎝強のカップに何回で入れられるかを競うゲーム。途中にはバンカーや池、ＯＢゾーンなどがある。そこに入れないよう慎重に、しかし大胆にスイングしないとスコアは縮まらない。

練習場でちゃんと打てても、ゴルフ場ではプレッシャーを受けてスイングが乱れ、スコアが崩れることが多い。

これまでは練習場でもシャンクの嵐だったから、ゴルフ場でラウンドすること自体、無理だった。だから、ようやく練習場でうまく打てるようになった昨日のラウンドが、スタートラインだった。

スコアは60、61の121。初心者のようなスコアだがゴルフは良くなってきたと、一緒に回った友人たちに言われ嬉しかった。特にグリーン周り。高く上げるロブショットでのアプローチがうまく打てた。

Ｋさんは、「上げて、寄せる。まるでワコールのＣＭだ」と得意のギャグで、ほめてくれた。

シャンクは打たなかった。池ポチャ、ＯＢさえ打たなければ、スコアは改善しそう。

練習をしながら、ゴルフはやはり続けよう、と思った。

入社時にお世話になったＹ先輩と会う（22／4／25）

日本経済新聞社に入社。大阪本社流通経済部に配属された時にお世話になったＹ先輩に東京・練馬で会った。20年近くお会いしてなかったが、髪の毛が白くなっていただけで、話しぶり、雰囲気は入社当時のままだった。

私は、日経流通新聞（今の日経ＭＪ）の「専門店」面の担当記者だった。東京に３人。大阪は私１人。

京阪神地区を中心に西日本全域のいろいろな業種の専門店を取材していた。すぐに各業界を理解しようと、過去記事のスクラップをしていたら「そんな無駄なことはやめて、ちょっと付き合わない？」とY先輩。専門媒体とはいえ、あまりに視野が専門へ、枝葉末節へと行くことは、駆け出しの記者にとっては望ましくないと思ったのだろう。

それに記者が、あまり過去の新聞記事に頼るのも良くない。過去の話でも、記事は自分で取材するもの、ということも伝えたかったのかもしれない。

そんなYさんが連れていってくれたのは、建築家の事務所。都市開発や、店舗開発に関する知識が豊富な建築家へのインタビューだった。

専門店面はどんな事業を計画しているかとか、どんな出店計画があるかなどといったことがニュースになる。その意味ではすぐに役立つ取材ではなかったが、魅力的な店を作るならデザインも重要だし、どこに店を出すかも重要な判断だ。そうした周辺の話まで理解していて、初めて「専門店が語れる」と、Y先輩は気づかせてくれた。

過去の業界の流れをつかむのも、今何が問題かを知るのも、すべて自分で取材することが大事。過去の記事は、それを書いた記者が不勉強ならば、大事な視点や事実を見落としているかもしれない。

周辺情報を含め、すべて自分で取材することがニュース取材の基本ということに気づいた。

Yさんは外国語を学ぼうという時も、工夫を凝らしていた。Kansai Ramblersという外国人が参加するハイキングのグループに参加したり、日本語の本を書くために協力してほしいという外国人の家に遊びに行ったりして、英語の勉強をした。

私は全然英語が身につかなかったが、Yさんはその後、ロサンゼルス支局長となったから、この時の勉強も無駄ではなかったのだろう。

Yさんは4人のお子さんがいるが、ロスで家族と暮らしたことがきっかけとなり、お子さんはすべてグローバルに活動。米国の飲食店チェーンのシェフや、映像クリエーター、美術館のキュレーターなどで活躍している。

Yさんは2000年代の初めに日経を辞め、学者となる。そして、米国の都市開発の潮流についてずっと書いている。

今回、そんなYさんと会うことになったのは1本のメールがきっかけだった。

10月にアメリカはいかがですか。

NYから西海岸へ。

長距離バスか、レンタカー（貴君が運転するならば）。

2週間。

米国の平原の一本道でYさんがコロナに感染したら、対処できるかどうかわからない。

そんなことを思い、返事は保留したままだ。

けれど、高齢になっても、体一つでどこでも行こうとする気構えだけは見習わなければと思う。

旅行をするためにはお金も稼がなければいけないのだが、コロナ禍が終息して、その時、お金があったとしても、「面白い、行きましょう！」と即答できるだろうか。

自分を一回りも二回りも大きくするチャンスをみすみす逃しているのかもしれな

い。新人記者の時のように、まだまだYさんが大きく見える。

≫コロナ禍乗り越え、ソフトボールの試合（22／5／10）

5月8日は、コロナ禍で2020年から全くできなかったソフトボールの試合があった。埼玉県の秋ヶ瀬公園ソフトボール場で、2試合行った。

メンバーは新陳代謝が進んでおり、野球部出身の若手に外野は守ってもらい、ロートルは、比較的楽なところで守備。私はDHで出場。1試合目はレフト前ヒット、サードゴロ、レフト前ヒット、サードゴロ。乱打戦で試合は13対10で勝利。2試合目はショートフライ、レフト前ヒット、レフトオーバーヒット、レフトフライ。

ピッチャーの打順で打つDHだったがピッチャーが交代、ベンチに退いたので急遽ファースト守備に。大事なところで強烈なゴロを弾いてしまい、逆転を許した。最終回に打順が回ってきたがレフトフライでゲームセット。悔しい。

この悔しさ、久しぶりの快感だった。

チームはグループ狂人。巨人と狂人をもじった名前で、そんなに狂った人がいるわけではない。

率いるのは、悪徳商法の摘発で著名な堺次夫さん。監督兼投手だ。１９６８年から続いているチームで、１４００試合以上をこなし、勝ち越している。

そんなに続くのは堺さんの上手なお誘いがあるからだと思う。

ケータイに電話がある。

「相川のオッさーん。試合あるで〜。また、ブンブン丸でホームラン打ってや〜」。

次の日曜は家でのんびりしたかったのに、と思っていても、こんな電話がかかってくると、「はい、行きます！」と答えてしまう。

仲間の間では「堺さんのお誘いが一番の悪徳商法」との声もあるが、彼のリーダーシップと、打たれても全くめげず、「さあ、打っていくで〜」と平気で言えるマインドには舌を巻く。

私は１９８７年、狂人に参加した年に打率5割5分9厘で首位打者、２０１１年、本塁打６本で本塁打王にもなっている。

でも、成績よりも毎回の試合や、仲間との飲み会の方が思い出に残っている。

長く続けたいチームだ。

群馬でお世話になった二人と伊香保でゴルフ（22／5／13）

コロナ禍でずっとできなかった伊香保カントリークラブでの親睦ゴルフ。12日に実現した。一緒に回ったお二人は、80代だがとてもお元気。天気も良く、とても楽しかった。

お二人には、群馬で支局長をしていた時に公私ともにお世話になった。

Sさんは私がいた新聞社の前橋支局が、勉強や親睦のために作っていたグループの中心人物。赴任すると、早速、ゴルフをしよう、ということになり、朝5時から早朝ゴルフを一緒にした。群馬でのゴルフの師匠だ。

群馬ではスコアは91まで減らせたが、90は切れず、そのうちにジャンク病で大叩きの連続が始まった。それでも、いつも笑顔でお付き合いしてくれた。

編集の仕事もされていた方だが、この時は食品会社の役員をされていた。県内に幅広い人脈があり、彼を通じていろいろな経済人ともお付き合いした。

ゴルフの腕前は、過去一緒に回った人の中で一番うまい。エイジシュートも達成している。

もう一人のMさんは、伊香保町(現在は合併して渋川市)の助役を務めていて、町長が約束していたゴルフのラウンドに来れなくなった時にピンチヒッターで来られたのが最初の出会い。その後、伊香保で偽温泉問題が勃発。当時の町長が温泉問題と市町村合併の二つの問題の心労で亡くなり、町長に就任した。

Mさんは、当面の偽温泉問題の収拾だけでなく、伊香保の再生計画を作るために国土交通省の協力を取り付けるなど、伊香保の未来のために奔走していた。あまりに解決すべき問題が多かったのか、当時は口も硬くなり、笑顔もあまり見せない怖い人になって仕事をこなしていた。

しかし、退任後、伊香保でお酒を飲むようになって、その時の思いや苦労話を聞くことができた。伊香保の温泉問題についてたくさん記事を書き、私もそのまま記事には書かないような深い部分まで取材していたので、Mさんとしかできない話も多かった。

仕事では真剣なお付き合いをしたわけだが、ゴルフでは笑いっぱなしだ。レスリングで鍛えた体はたくましく、練習場では1000球くらい平気でボールを打つという。

さて、この日の成績は――。

シャンクは出なかったが、逆に左に行ってしまう打球が多く、改めてゴルフの難しさを実感した。スコアはアウトが65。インが60。スコアは良くなかったが、うまく打てたボールも多く、復活の兆しは見えた。

この日の夜は、伊香保の洋風旅館ぴのんに泊まった。この旅館の若女将も旧知の間柄。ぴのんは若女将が企画した、日本の温泉地では珍しい女性が一人でも泊まれるモダンな宿だ。

Mさんとは、ぴのんで食事をしながらお酒を飲んだ。彼は、伊香保町の役場に勤める前は温泉旅館の番頭をしていた。日経産業新聞を読み、新製品開発の記事を見つけると、発表会をウチでやりませんかと売り込み、新製品のマーケティング会場としてその旅館に客を集めた。

そんなビジネスセンス豊かな人が、温泉問題が起きた時に助役だったことは伊香保町にとってラッキーだった。地域社会にありがちな様々なしがらみにとらわれず、民間の発想で、国土交通省とともにプランを練り、伊香保温泉を生き返らせた。

温泉問題が起きた時、他紙は社会面で取り上げることが多かったためか批判的な記事が多かったが、私は伊香保再生をテーマに今後に繋がる記事を書き続けた。

Mさんと私のベクトルは一致していた。だから、今でも気心の知れた友人でいられるのだと思う。

退職後の付き合いで、ゴルフは役に立つ。

≫中学時代の親友が、伊豆にマンション（22／5／17）

中学時代に一番仲の良かったTくん。アパレル企業のニューヨーク子会社のトップを務め、その後、米国籍も取って独立。33年米国で働き、暮らしていた。

奥さんが一足先に帰国。お母様が21年7月亡くなったこと、コロナ禍が広がったことなど様々な要因が重なって、日本に戻ってきた。

東京では奥様の生家で暮らしているが、伊豆でも暮らしてみたいと、今年2月に伊豆にマンションを購入、二地域居住をしている。

そのマンションにお邪魔した。東京駅13時発の踊り子15号で、一緒に伊豆に向かった。

マンションに到着。海が見える。マンション内には温泉も。二地域居住、うらやましい。

夜は持ち込んだチーズとワインなどで一献。明日はゴルフだ。

ほとんど浦島太郎状態の彼は、高速道路でETC専用の入り口があって驚いたそうだ。日本はすごく変わっている。都内を歩きながら、彼の反応を見るのは面白そうだ。これからは中学時代のように、彼と遊ぶ時間が増えそうだ。

昼間から蕎麦屋で一杯（22／5／31）

退職したら「昼間から蕎麦屋で一杯」をやってみたかった。

T君と11時過ぎに待ち合わせ、神田まつやへ。

焼きのり、わさびかまぼこ、じゃこ天、そばがき、天種などを頼んで、ノンアルコールビール（最近は本当のビールを飲むとすぐに酔ってしまうので）を飲みながら、ゆっくり楽しむ。

これだよ、味わいたかった気分は。

締めに注文したもりそば。濃いつゆが美味しかった。

近くにある甘味処の竹むらも覗いた。神保町の喫茶店に行こうと思ったので見るだけのつもりだったが、T君がどうしても入りたいというのであげまんなどを頼む。T君は就職して8年で米国に渡ったので、神田はほとんど知らない。古いたたずまいを楽しんでいた。

神保町に行くと三省堂が開いてない。リニューアルで一時閉店。41年という店を開いていた期間は私の日経での就業期間と同じ。

喫茶店は、神田伯刺西爾。喫煙もできるところに座った。

T君は、このタバコ臭さが、喫茶店らしくていいと言う。確かに彼が日本にいた時は分煙の店などなかったのかもしれない。

≫群馬の師匠から温かいコメント付きの小冊子（22／6／1）

群馬でのゴルフの師匠、Sさんが先日の伊香保でのラウンドを写真集のような小冊子にまとめてくれた。

なかなか調子が戻らないゴルフだが、個性的な点もあったんだな、とSさんの温かいコメントを読んで気づいた。

伊豆でラウンドした親友のT君は、「相川と回って、とにかく飛ばしたいと思うようになった。小技なんかできなくてもいい。その遠くに飛ばすゴルフがいい」と言ってくれた。Sさんのコメントも、思い切りの良いゴルフを褒めてくれていた。

スコアなど気にしないでのびのびゴルフをしたいと思った。

≫大学時代の友人とゴルフ（22／10／21）

野田市パブリックゴルフ場けやきコースで、大学時代の友人Si君、Su君とゴルフをした。良い天気。風もなく、絶好のゴルフ日和だった。

インコーススタート。

インコースのスコアは47。アウトコースのスコアは52。スコアは99だが、パー71なので実質は100。

インでは短いアプローチが良くグリーンに乗った。アウトは、苦手の池越えショットでミスをしたが、アプローチショットは引き続き好調だった。友人のSiくんによると、インは、ゆっくりしたペースで安定感があったが、アウトは打ち急いでいたという。

パーを取ったホールは、すべてパーディ逃し。2オンが多かった。バットがもう少し入り、池のプレッシャーに負けなければ、もう少しスコアは良かった。

もしかしたら、65歳を過ぎてベストスコアが出せるかもしれない——そんな期待の持てたラウンドだった。

一緒に回った二人は大学の軟式テニスの同好会で仲間だった。その後、硬式のテニスクラブの同好会もともに作った。

遊んでばかりいた大学時代。同好会の友達は遊び友達で、まったく気を使わない。

一番リラックスしてラウンドできる彼らは貴重だ。

》山歩き仲間と大山登山（23／3／17）

群馬県で新聞・通信社の支局長をしていた仲間3人で久しぶりの山歩き。山は、下山後、豆腐料理が楽しめる大山を選んだ。

8時25分秦野駅発の神奈川中央交通ヤビツ峠行きバスに乗った。9時13分にヤビツ峠に着き、そこから大山山頂を目指した。

ヤビツ峠バス停近くの通常のトイレは「凍結のため使用不可とのこと。簡易トイレしかなかった。トイレは秦野駅で済ませておきたい。

適宜休憩をとりながらゆっくり登る。

でも、今日は上りがキツく感じられ、息絶え絶えだった。

通信社の元支局長で山歩きの先生であるMさんによると、「歩き出した時のスピードが速すぎる」のが第一の理由だという。

山歩きはマラソンなのに、最初から飛ばすと続かない。

もう一つが荷物が重たすぎた。「日帰りならば10kgくらいにしたい」。ところが、帰宅してから測ったら20kg近くあった。仲間と登るので2ℓのペットボトル、ガスバーナーやヤカンまで詰め込んだ。これらが余計だった。

荷物が重い上に、油断するとすぐ体も重くなる。今は78kg。山歩きを気持ち良くするためにも、自分の体重と荷物の重さを減らす必要がありそうだ。

9時49分に大山までの中間地点に到着。あと300m！

10時52分山頂へ。まだ昼食は早いので用意していた和菓子を出し、抹茶を点てる。一度、山の上で点ててみたかった。

喜んでもらえた。

食事は見晴台でとることにし、見晴台に向かう。

山はひんやりした霧に包まれ、神々しい雰囲気。

12時44分見晴台に。周辺は真っ白で何も見えない。休むと寒くなるので、服を着込んで昼食。新聞社の元支局長のOさんが持ってきてくれた魚肉ソーセージがおにぎりに合う。Mさんが持ってきてくれたコーヒーで温まった。

山でお茶を点てた

お客はMさん(左)とOさん

13時23分、下社へ向かう。

途中の二重の滝は水が枯れていたが、ミツマタの花が咲いていた。

13時53分下社到着。ここからケーブルカーで下山した。

豆腐料理は先導師旅館ねぎしで。乾杯！

とうふ御膳（1700円）を頼んだ。ごぼうの白和え、美味しかった。茶碗蒸しが豆腐料理？と思ったら、ちゃんと豆腐が入っていた。

同年輩のジャーナリスト仲間。歳をとると脳の衰えから、怒りっぽくなったり、鬱になったりすることが多いという話題に。そうならないよう、凸凹の道を頭と反射神経を使いながら上り下りする山歩きなど、脳を使う運動は欠かさないようにしよう――ということになった。話題はあちこちに飛び、楽しかった。

二人とは何でも話せ、一緒に山歩きするのが楽しい。また、行きましょう！

高校同窓の麻雀大会（22/10/24）

昨日は12時半から高田馬場のガラパゴスで高校同窓の麻雀大会。東大出のプロ、井出洋介さんが私の1年先輩。私の6年後輩が企画して、楽しい会を催してくれた。

初戦のメンバー。4年下、6年下の後輩たちと打った。親でリーチ。サンショクドラの単騎待ち。4年下の後輩が追っかけリーチ。一発でドラを振り込んでくれ親マン。初戦は幸先良いスタート。

1回戦は7万5400点で全体1位。

2回戦は、6年下で10年くらい前に初めて同窓で卓を囲んだMさんと当たった。やるぞーと思ったら、彼がいきなり親で2万4000点を上がり、この回の帰趨は決まってしまった。

6年下の女性と2位争い。オーラスでリーチ。ところが親だった20年下の後輩に振り込んでしまい3位に。1万4900点で、全体の6位に。

3回戦は、またまた、6年下でかつて一緒に麻雀をしたTさんと当たった。彼は風貌もいかにも勝負師。燃えた。

あとの2人は6年下の女性。

彼はいきなり3巡目で上がるなど好調。けれど彼の同期の女性も強運の持ち主。

連チャンでトップに。途中で私がTさんから当たり、勝負は上位3人がオーラスまでもつれる展開に。ところがラスだった女性が最後に上がり、僅差でトップだった私の1位が確定した。

しかし、上位がみな好調で、全体の順位は6位のまま。

1〜3位は井出洋介さんと打て、ここから優勝者が出る可能性が高いが、他の卓でも大勝ちすれば優勝できる。私が入る4〜7位の2卓も熱戦が予想された。メンバーは13年先輩のTさん、6年下の男女。

東一局。ジュンチャンサンショクイーシャンテン。上がれるかと思ったが、Tさんがヤミテンで南家からロン。メンタンピンサンショクだった。この後も彼が波に乗り、8万5000点でトップ、私はリーチ一発で女性に振り込んだものの、その後、挽回。最後は2万9000点で2位。全体で5位になった。トップをとったTさんは見事優勝した。

雀荘がそのまま二次会会場に。久しぶりに酔った。

井出洋介さんとの麻雀談義が楽しかった。

第6章

生活

退職すると、生活がガラリと変わった。会社の仕事がなくなり、すべてを自分で決められる。お金を稼ぐ仕事をしていないのだから、家事を分担するのは当然。昼ごはんや晩ごはんの半分は私が担当している。晩ごはんは作らなくてもいい。デパ地下などで、おいしそうなものを探して買ってくるのもOKだ。

自宅での最低限の役割を果たした上で、自分の時間を楽しむ。本を読んだり、資料に当たったりする時間は限られる。ジャーナリストの仕事を現役時代のように1日中することはできない。そんな条件でも、長年の経験とスキルがあるから、現役時代以上のものは書けると信じる。生活は大事にしたい。

≫下水道が詰まり、自分の記事が役立った！（22／5／28）

帰宅したら、自宅の下水道が詰まっていた。これまで詰まった箇所とは違うところで、ホースをジェット水流にして押し流そうとしてもダメ。明るいうちに詰まりを解消しようとがんばったのだが、暗くなり、諦めて業者に詰まりの解消を頼むことにした。

水回りのトラブルでは、冷蔵庫につけるマグネット広告でPRする、いわゆるレスキューサービスに依頼して法外な料金をとられる被害が続出している。直らないと暮らせなくなってしまうという不安につけ込まれるのだ。

下水が使えなくなるとトイレもダメ、風呂もダメ、台所での洗い物もダメ。手も洗えない。ということで、26日は自宅から100mくらい離れた、愛犬だけが住んでいる私の実家に家族みんなで避難した。

新聞社で書いた最後の記事が役立った。

グーグルの広告トップに表示されたり、マグネット広告で派手な宣伝をしたりする水回り工事の業者は、怪しいところが多く、どうすれば被害に遭わないで水回りのトラブルが解消できるかという記事だ。

最近は東京ガスが参入したが、きちんとした業者の情報をあらかじめ持っておくことが、騙されないコツだ。

下水道、水道工事は、東京の場合、東京都管工事工業協同組合が運営する総合設備メンテナンスセンターが信頼できる。26日、夜になってから電話をしたところ、工事業者を探して、すぐに当該業者から連絡させるとのこと。30分もすると連絡があった。電話で状況を説明、27日午後に来てくれることになった。

料金の説明があり、1時間2万7500円。30分超過毎に5500円。直らなかった場合は、派遣費用として5500円だけいただく――とのことだった。

さて、どんな業者が来てくれるのか。

素晴らしい業者だった。下水道の中の様子を内視鏡検査のように調べるための青いケーブルと、高圧洗浄するワイヤーを下水道の中に通し、カメラで中を確認しながら作業する。必要な場合は高圧洗浄する。水道設備などがないところでも作業ができる100ℓのタンクを装備する特殊車両で駆けつけてくれる。

ワイヤーを曲げて入れる操作は職人技。

実は詰まったすぐ近くの場所にもマンホールが埋まっていた。このマンホールがあることがわかっていたら、自分でも詰まりを解消できたかもしれないが、職人技を見られたのが収穫だった。

ワイヤーの先から高圧の水流が出る。ワイヤーの長さは40m。大抵の下水管は調べられる。

自由競争の世の中だが、悪質業者、きちんとした業者についての情報がなさすぎる。デジタル庁は何をしているのだろう?きちんとした情報が流通するデジタル社会を構築してもらいたい。

≫かっぱ橋道具街で鉄のフライパンを買う（22／6／2）

東京・浅草のかっぱ橋道具街。食品サンプルが並んでいる店があるのは知っていたが、買い物をしにいったことはなかった。鉄のフライパンが欲しくて、道具街を訪ねた。

業務用というより、普通のキッチン用品を売る店が多い印象。

気に入った店は、釜浅商店。

明治41年創業の老舗だが、モダンなデザインの店。普通の金物屋さんみたいな店が多い中で、とても目立つ。

「良い道具には、良いことわりがある」として、例えば、なぜ包丁がこの値段でこの形なのか、一から説明してくれる。

職人技を生かした商品が多い。フライパンはここで買うとすぐに決めた。

フライパンは中性洗剤で洗わず、水やぬるま湯で洗って、タワシでごしごしこすればいいらしい。油を吸い込んでいいフライパンになっていくという。

関連商品も買って、大満足。

クズ野菜を一度油で炒めてから使ってと言われ、早速畑からキャベツをとってきた。普段は捨てるところを炒めて、準備完了。

明日からが楽しみだ。

退職後はライフワークバランス（22／6／6）

仕事と私生活を両立させるというワークライフバランスという言葉。退職して「仕事も好きな時にする」ようになると、この言葉、仕事偏重のように感じる。退職後は、ライフワークバランスというのが自然な表現なのではと思う。

そもそも、ワークライフバランスとは何か。

ある程度の仕事をこなそうとすると、1日24時間では足りないと感じる。仕事は、全てに優先すると決めて、なりふり構わず全力で打ち込まないと、なかなかこなせない。ワーク中心にいくしかなく、その中でなんとか私生活の時間を増やそうというのがワークライフバランスの意味だろう。

逆に、ライフを重視して残りの時間でワークしようとすると、ワークはなかなか進まない。犬の散歩をして、朝ごはんを作って、買い物に行って、公共料金や税金の振り込みをして、テレビドラマやＮｅｔｆｌｉｘを見て――などと「ライフ」に好きなだけ時間を使っていると、読書の時間もあまり取れない。勉強は進まず、取材の準備も遅れ、「今日も何もできなかった〜」となる。

新聞社にいた時は、2週間後に締め切りだ〜、となって情報や知見を一番持っている取材先を探し、準備的な取材から着手。専門家に取材するために本もたくさん読み、人にたくさん会った。新聞社にいたからすぐに人に会えたともいえるが、2週間でものすごく仕事が進んだ。

ところが今は、ライフ一色で、ワークは隅に追いやられている。

ライフを犠牲にしない限り、ワークは進まないのか。

記者最後の担当が「生活情報」だったこともあり、生活ジャーナリストを名乗る。生活を大事にすることは仕事にも繋がるのだが、日々、暮らすのに忙しく取材や書く段階になかなか進まない。

新聞記者時代は、掲載するタイミングがなによりも重要だったので、取材を急ぎ、タイムリーな記事に仕立ててきた。

しかし、これからは、ジャーナリストとして人生の仕上げになるような仕事をしようと思っており、それほど、タイムリーかどうかにこだわる必要はないのかもしれない。

急がず、時間をかけて、一つひとつのインタビューや記事を仕上げる。ライフを重視して、その中でワークするでもいいのではないか。

とはいえ、ノロノロ仕事をしていたら、結局何も成果を残せないまま、老いて死んでしまう。ライフを重視しながらも、ワークの時間をどう捻出するか。そのバランスを真剣に考えなければならない。

ワークをしながらどうプライベートを大事にするか、という現役時代とは真逆のライフワークバランス。しかし、高齢退職者はこのライフワークバランスを考えることが大事なのだ。

≫テイクアウトが広がり、おばあちゃん、喜ぶ（22／6／17）

コロナ禍でも、良くなったこともいくつかある。ＩＴ活用で在宅でいろいろな仕事ができるようになったこと。そして、飲食店のテイクアウトが広がったことだ。

我が家には92歳の義理の母がいて、近所のショッピングセンターやファミレスで食事はするが、わざわざ都心まで出かけて美味しいものを食べる機会はあまりない。

しかし、コロナ禍で多くの飲食店がテイクアウトできるメニューを増やしており、自宅で名店の味が楽しめるようになった。

今日は銀座ひらいのめそっこ箱めし（小ぶりの穴子だけを使った穴子弁当）の二本入り「ならび」（1800円）と、あ巻き（玉子焼き、800円）を母に買ってきた。母は入れ歯で硬いものが食べられないが、この箱飯のご飯はよく食べる。大好物なのだ。

1800円は決して安くはないが、鰻や穴子の弁当としては、良心的な価格だと思う。この倍の値段でもおかしくない味だ。

街に出るとデパ地下でよく買い物をするが、名店のテイクアウトも、捨てがたい。グルメサイトでも各街のおすすめを紹介している。

≫買い出しと料理（22／10／7）

ダイエットをしていると言っても夜はしっかり食べる。美味しいものを食べたいので、大好きな牛すじカレーを作ることにした。合わせて、愛犬の食事も作ることになり、まず、買い出しに。

最近は主婦のように、りんごを買うならあの店、鶏のもも肉を買うならこの店、と、買うもので店を決めている。

じゃがいもやにんじん、玉ねぎは大きめの美味しそうな商品が並んでいるフレッシュひかり。

フレッシュひかりは、果物も美味しい。各地の名産品を手頃な価格で売っている。

しかし、ジュース用にたくさん買い置きしているリンゴがやや高い。

そこで食品スーパーのみらぺるに。

マツモトキヨシと隣接しており、車をとめて、まずマツモトキヨシの中にある一本堂に。ここのレーズン食パンがとても美味しく、焼き上がって店に並ぶとすぐに売り切れてしまう。焼き上がり時間に行って、2斤買った。

みらぺるではジュース用のリンゴとパイナップルを買った。キャベツもここで良く買う。

ここに安いリンゴがないときは、ヨークマート練馬平和台店の隣にある八百屋さんで買う。

みらべるは鶏肉も安い。むね肉は、これまで100g49円だったが59円に。それでも安い。

愛犬のエサは鶏のむね肉とキャベツ、にんじん、じゃがいもを煮て作る。

昼食は一本堂のレーズン食パンとサラダ。サラダは夜も食べられるように多めに。

牛すじはライフ平和台店で買うことが多い。

店頭になくても、例えば「牛すじ500gを三つほしい」と言えば用意してくれる。たくさん買って冷凍しておく。

この日は、買い物に行く前に、冷凍の牛すじ500gを取り出し、2度沸騰した湯で煮てからきれいに洗い、さらに1時間半ほど煮込んだ。

昼食を食べた後、野菜を調理。煮込んだ牛すじに、カレーのスパイスやホールトマトなどを加え、炒めて、それをさらに煮込む。カレーのルーを入れて出来上がり。美味しそうな牛すじカレーになった！

料理を担当する日はこんな感じ。

食事の用意が終われば、仕事もできるが、なかなか仕事をする気になれない。

つい、ドラマやアニメを観てしまう。

家族のために炊事洗濯をし、さらに子育てもしている働く女性は、本当にすごいと思う。専業主婦だけでも相当大変なのに、それに会社の仕事が加わる。

スーパーウーマンだと思う。

日本は、女性の無償のがんばりに頼り過ぎ、と家事の一端を担うようになって実感する。

第7章

文化

現役で仕事をしていた時は、ごちゃごちゃになった頭や気持ちを落ち着かせるために、そして退職後の今は、知的な刺激を求めるために、「文化」に接する。美術館を巡り、和の空間で茶道のお点前をし、映画の世界に入って、日常の世界や時代・国境を超える。

文化に親しむと、日常では得にくいものが得られる。

スポーツが体を鍛えるものだとしたら、文化は心や精神を、時に研ぎ澄まし、時に柔らかくしてくれる。

日々が単調になってきた時こそ、無理をしてでも文化の世界に浸りたい。

≫コロナ禍でできなかった茶道の稽古、再開！（22／6／9）

コロナ禍でできなかった茶道（石州流大口派）の稽古を再開すると先生から連絡があった。早速、福生市の先生のお宅に伺った。荷物を置き、靴下を履き替えて、つくばいのある庭から茶室へ。

掛け軸の言葉は、萬里一条鐵。万里にわたって一条の鉄が連なっているという意味だ。転じて、一般的に、物事が絶えたり衰えたりすることなく続くことのたとえとして使われる。

私は左脚の膝が硬くなっていて、正座ができない。そこで、先生は、わざわざ立礼席のお点前ができるように、準備をしてくれていた。ありがたい。

お点前をすると、精神が洗われる。早く自然にお点前ができるようになりたい。

≫お茶で、おもてなしを学びたい（22／7／1）

昨日は茶道の稽古だった。

午前中は、先生の一番弟子のNさん(女性)のお点前も見せてもらった。その後、3人でいろいろな話ができて楽しかった。

Nさんは、仕事にプラスになると考えて茶道を始めたという。プレゼンなどをする時に自分の所作が美しくないと感じ、気持ちよく相手に話が伝わるように茶道を学ぼうと思ったのがきっかけと話していた。

茶道のお点前の手順は極めて合理的で、仕事の手順も茶道のように合理的に進めるようになってきたという。

良妻賢母になるためではなく、ビジネスパーソンとして自らを磨こうとして始めたという話は、今時の茶道の効用として面白いと思った。

武家の茶道、石州流は元々、男子中心の茶道で、コミュニケーションの手段、お付き合いの手段として重用されてきた歴史がある。ゴルフや酒の席ではなく、お茶でもてなす。

日経の創業者・益田孝も鈍翁と名乗り、お茶の席を、経営者同士の交流の場として利用していた。自ら集めた茶器を披露したり、手料理を振る舞ったり、今の接待より個性があり、全身全霊の接待だったのではないか。

Nさんは、先生に正式に稽古をつけてもらっている。つまり、石州流のいろいろなお点前をマスターするたびに、免状をもらって、レベルを上げていき、まもなく師匠になれる段階に上り詰めようとしている。

先生に見せてもらったが、箱の中に墨で書かれたお点前のノウハウ(絵と文章)があり、こうして技を相伝してきたという。

師匠と弟子の間の稽古は門外不出の奥義を伝えるものなので、本来は他の弟子のお点前などを見ることができないらしい。

師が弟子に秘儀・秘伝を皆伝するのみならず、弟子がその弟子に秘儀・秘伝を相伝する権利までを与える場合、これを完全相伝というらしいが、石州流はこの方式をとっている。

そんな緊張した稽古の中に、ど素人が混ぜてもらい、恐縮するが、先生は心が広く、茶道に親しむために非公式に稽古をつけてくれている。

私の場合は師匠になることが目的ではない。茶道でもてなしたり、茶席で生き方を語り合ったりする、濃密なコミュニケーションの術を学びたい。だから、会席料理も上手に作れるようになりたいし、掛け軸の禅語も、たくさん学びたい。先生は、そんな私の希望を正面から受けとめてくれている。

お点前や会席料理によるもてなしができるようになるという目標は一朝一夕でかなうようなものではない。茶道は晩年の最大の楽しみとして取り組みたい。

≫茶道の稽古、再び休みに（22／7／7）

今日も福生市で茶道の稽古。家から先生のお宅まで1時間以上かかるが、先生は毎回、その時々の季節や行事に合わせたしつらえを用意されていて、それが、楽しみだ。

今日は、「氷点前」。お湯でなく、氷水でお点前をする。

掛け軸は「山是山水是水」。一切がそのままの形で完結していることを示す。西垣大道の書。

茶花はびくを使って、水のイメージを出す。

香合も船の形。

水でお茶が点てられるのかと思ったが、なんとか点てられた。姉弟子の点てたお茶はきめ細かい。私の点てたお茶は、その点でまだまだだが、味は良かった。涼風が体を巡った。

稽古なので、その先には本番がある。けれど、私にとっては、先生のお宅での稽古は本番と変わらず、お茶を体験する貴重な時間だ。

「日日是好日」を著した森下典子さんに取材した時、「掛け軸も道具もお菓子も季節に合わせており、毎回茶会をしているようなもの。季節の移り変わりを感じられる毎週の稽古は楽しい」と話していた。

その通りだと思う。

ただ、新型コロナの感染が再び拡大したため、稽古はまた、しばらく中止することになった。

とても残念だが、今回、再開してからの稽古は初めて茶道に取り組んだ頃とは少し趣きが違った。一度通しでお点前を学び、茶会でもお点前を披露する経験を経ただけに、2年間稽古をしていなくても、覚えたところは、すぐに思い出せたし、余裕もできて、以前よりもお茶の心が味わえるようになった。

コロナ禍が再び下火になり、稽古再開となった時はもっと茶道の稽古が楽しくなるような気がする。

≫ゲルハルト・リヒター展（22／10／1）

東京国立近代美術館で6月7日から開催されていた「ゲルハルト・リヒター展」が、明日10月2日閉幕する。ギリギリ、閉幕前日に観ることができた。リヒター作品を鑑賞する人々までもが〝作品〟になってしまうような展示は、現代美術（未来美術？）の醍醐味を感じさせてくれた。

イメージと現実。絵画と写真。具象と抽象。私たちが普段、接しているさまざまな（絵画以外の）情報も、どこまで作られたイメージなのか真実なのかわからない。そんな認知の世界で我々が生きていることを気づかせてくれる展覧会だった。

リヒターの個展が開かれるのは日本では16年ぶり、東京では初めてという。

公式ホームページによると、「画家が90歳を迎えた2022年、画家が手元に置いてきた初期作から最新のドローイングまでを含む、ゲルハルト・リヒター財団の所蔵作品を中心とする約110点によって、一貫しつつも多岐にわたる60年の画業を紐解きます」とのこと。一人の作品をしっかり見ると、表現したいことがはっきり見えてくる。ほとんどが撮影可で、後で写真を振り返ると、感動がよみがえった。

展示会場で感じたのは、鑑賞する人たち、皆がとても楽しんでいる、ということ。5枚のガラスを使った作品は、鑑賞する人たちも作品の一部になる仕掛けが施されていた。

写真のように見えるが、写真をもとに描いた絵画もあった。写真に絵の具が塗りたくられる。現実を写したはずの写真が、より現実味のある絵の具の存在で、作り物に見えてくる。

抽象画をコンピュータ処理して描く作品も。「スキージ」というヘラのような道具を使って描いたアブストラクト・ペインティングでは、偶然性が作品を作る。これは陶芸にも通じる。

抽象画をコンピュータ処理した作品

大きな鏡。私たちが作品に

196枚のカラーパネルをランダムに並べた作品があるかと思えば、対照的にグレー一色の作品もある。

リアルな絵も描く。リヒターの長男、モーリッツを描いた絵画。1995年生まれの彼が8ヵ月の時に撮影された写真をもとに、2000年に一度仕上げ、2001年、2019年に加筆している。ただ、息子を描いているだけの作品ではなく、そこには奥深い意味が隠されているのかもしれない。

アウシュビッツ強制収容所で撮られた写真と、それをもとに描いた作品。そして、その作品を写真で撮った作品が展示される。写真で複製した意味は、わからない。本物と偽物が見分けがつかない現代を表しているのかもしれない。

大きな鏡が壁に。私たちが作品になる。

引退を表明してから2021年に描いたドローイング。刺激的だが、美しかった。

》茶道の稽古再開（22／11／17）

コロナ禍の広がりなどで、しばらく茶道の稽古は休みとなっていたが、先週、炉開きで再開（ゴルフコンペで残念ながら行けなかった）。私は今日から加わった。

寒桜が咲き乱れる庭。「閑不徹」の掛け軸。この上ない徹底した静けさを示す。

冬は炉を使ってのお点前だ。

禅語の知識はほとんどない。花の名前もわからない。茶道を本格的に始めるには素養がなさすぎると思っているが、茶道が好きだ。

茶室の澄んだ雰囲気、ゆっくり流れる時間。お点前をしている時の穏やかな心持ち。お茶とお菓子の美味しさ。お茶を飲むという行為が、なぜこんなにも理にかなった美しいセレモニーに発展したのか、興味深い。

茶道をこんなに楽しいと思うようになったのは、先生のおかげだ。袱紗さばきは手品のようで、どうあがいてもお点前など覚えられないと思っていたが、地元で開くことになった立礼の茶会のお点前の半分を「相川さん。やってね」と、任された。袱紗さばきの基本もできなかった時に。なんという太っ腹。

先生を紹介してくれた高校の同級生と、その娘さんが、これは大変と、通常の稽古とは別に、特訓の場を設けてくれた。そしてなんとか、立礼のお点前を茶会で披露した。そこから、茶道の見方が変わった。

それまでは客として、お茶を味わうばかりだったが、お点前をしたことによって、茶道の精神に少し近づけた。

≫すごい！　大竹伸朗展！（22／11／18）

東京国立近代美術館で11月1日から（2023年2月5日まで）開催されている「大竹伸朗展」を観た。素晴らしかった。

前回の企画展、ゲルハルト・リヒター展もとてもよかったが、両展覧会に共通するのは存命の作者が展覧会作りにも協力している点。展覧会自体が新たな作品になっていることだ。代表作を一気に見ることができ、その展示方法もユニーク。どちらも、作品の撮影が自由で、訪れた人が、マイリヒター展やマイ大竹伸朗展を組み立てられる。東京国立近代美術館は、従来の美術館の枠を超えたのではないかと思った。

東京国立近代美術館に到着すると、美術館の建物の上に「宇和島駅」のネオン。これも、大竹の作品。この場所に設置するのが、すごく面白い。

作品は7つのテーマを設定して、時系列を無視して展示されていた。

「大竹の表現は、ずっと、かれが作り出すよりも前に作られたものや前もって存在した他者、『既にそこにあるもの』との共同作業であり続けてきました」。ということで、最初のテーマは「自／他」。

次が「記憶」。「外部の刺激を取り込み、それが保存され、必要に応じて再生されること。たわいもない印刷物やゴミとされるようなものまで、ありとあらゆるものを貼り付け、作品の中にとどめていく大竹の制作は、それ自体が忘却に抗う記憶術であるといってもよいでしょう」。

3つ目が「時間」。「そのときどきに形を変えるものとして『記憶』を捉えている大竹にとって、時間は流れていくのみならず、形を持ち、手触りがあり、あるいは音や匂いをともなう素材のひとつです。大竹は様々なものに貯蔵された時間を拾って、集めて、指でノリを塗りつけて、貼り合わせ、重ねていきます」。

4つ目が「移行」。

「そして『移行』は、作者が身体的に場所を移すことだけでなく、制作方法であります。大竹の作品のほとんどは、様々なものを模写や切り貼り、元あった場から転移させることで成り立っています。この展覧会の会期中だけ美術館に設置される《宇和島駅》は、その最たる例です。ここでは駅名看板が駅名看板としての機能を変えることなく、ほぼ『移行』することだけが、作品化されています」。

5つ目が「夢／網膜」。だんだん概念が難しくなってくる。

6つ目が「層」。「あるイメージがコピーされ、その上から描画が加わり、切り取られ、貼り付けられ、またコピーされて、増殖していく。ときに膨大な時間が費やされる積み重ねは、物質的な、あるいは視覚的な層をなし、厚みや重たさとなって、大竹が愛着を抱く『景』を形成しています」。

最後のテーマに行く前にNHKBS8Kで放送された「21世紀のBUG男　画家大竹伸朗」のビデオが流れていた。自宅に帰って改めて観たいと思うほどの面白いビデオだったが、現在はネットでは観ることができない。

大竹の制作過程と、インタビュー、関係者のコメントなどで構成されるおよそ90

分の動画。多摩川の河川敷の原風景。藤原新也は、大竹伸朗は脳と手が繋がっていない！と言っていた(笑)。大竹は頭で考えてそれを絵にする――のではなく、偶発的に描かれるものが絵と考えているようだ。こんなものを描きたいと、最初から頭の中で描いているようなものは、つまらないと彼は考える。

大田区の、父親が様々な職業の家庭の子供が多い小学校から、練馬区のサラリーマンの親の多い家庭の子供がいる小学校に転校したら、真面目な子供が多すぎて、つまらなくなって不登校になる。

中学だったか高校だったか、覚えていないが、美術の教師には嫌われていたようだ。既存の枠から飛び出ようともがいている大竹と美術の教師は同じ場に立てなかった。

芸大の受験に失敗、私立に行くが休学し、北海道の牧場で朝から晩までくたくたになるまで働く。身体で感じた方をそのまま描くスタイルをそこで身につけたのかもしれない。

大竹が、これまでにない全くオリジナルなものを作ろうとしていたのは明らかだ。

最後が「音」。「大竹が作品に積み重ねていく『層』の素材は、物質に限らず、音も含まれます」。

面白かった。図録も半端ではない。新聞紙を使った図録は、当たり前の素材にとどまることを許さない大竹らしい。

新聞社にいたのでよくスクラップはしたが、大竹のスクラップは異次元だ。

いろいろな異質なものを同時に体験すると、共通部分に気づき、繋がっていく。人生経験も、大竹の作品のように時空を超えて切り貼りし、色を塗り、再構成していくと、全く見えなかったものが見えてくるのかもしれない。

大竹の作品と作品に向き合う姿勢は、人の生き方にもヒントを与えてくれる。こんなすごい人が日本にいて良かったと思う。

実は昭和の時代。現代アートの展覧会はよく行き、大竹の作品も気になった。ところが他の人の作品と同様、一つ、多くても二つくらいしか作品が展示されず、大竹が何を表現したかったのか良くわからなかった。今回のように1人の作家の作品をテーマ別に展示してくれることで、初めて、大竹伸朗の凄さがわかった。

良い展覧会だった。

≫全体像が見えてくると細部が気になってくる（22／11／24）

今日も炉のお点前の稽古。お菓子、掛け軸、茶花を見て季節を感じる。庭には寒桜が咲き乱れる。好きな器を選んで、お点前をする。

先生は、全くお点前をしたことがない時から、まず、お点前の手順を始めから終わりまで、通して教えてくれた。

茶道ではお点前の手順を覚える際に、その部分部分について学ばせる「割り稽古」というものがあるという。もちろん、先生は部分部分も教えてくれるのだけれど、薄茶のお点前は「茶事」のほんの一部に過ぎないとして、茶事自体を催してくれたりして、まずは茶道の全体像、茶道の心を教えてくれた。

65歳にもなって、袱紗さばきばかりずっとやっていたら、お点前全体に行きつく前に、茶道が嫌になっていたかもしれない。

けれども、全体の手順がある程度飲み込めると、細かいことが気になりだすものだ。

今日は、こちらから、先生に袱紗さばきなど、部分部分の稽古をお願いした。

例えば。石州流大口派では、袱紗を「ふくら雀」の形にして、茶杓や棗(なつめ)を清める。これまでふくら雀の形にしないでさばいていたが、今日は、ふくら雀にする方法を教わった。

ふくら雀とは、冬になると外でまんまるに膨らむ雀のことを指す。

「穂を切る」という動作がある。茶筅の穂先を茶碗にちょっと触れるようにする動作。穂先だけでいいのに、穂全体をこするようにしていた。さっと穂先を触れるだけにすると格好がいい。

炉の縁を袱紗で国の字に清める動作。何かのおまじないと思っていたが、灰を払う所作らしい。何のための動作かわかって、自然なお点前になってきた。

釜の蓋の形状(凹んでいるか、膨らんでいるか)によって清め方も変わる。水差しの蓋も塗りの蓋か、陶器の蓋かで、蓋を置く場所も変わってくる。それは「決め」の問題で、理にかなっているか、かなわないかの問題ではないが、そういう違いもあることを改めて教えてもらった。

細部、面白い。

最初は枝葉末節と思っていたことがちゃんとできるようになるとお点前が俄然、格好良くなる。

お点前全体の手順をざっと覚えた後なら、こうした細かいところについて、どんどん学びたくなるから不思議だ。枝葉末節、大いに結構。神は細部に宿る――。

お点前はある程度手順を覚えれば、気持ちが込められるようになる。先生は、紅葉を形どったお菓子、山の景色が描かれた器、秋らしい床の間のしつらえなどに囲まれ、秋の山にいるような気持ちでお点前をしてほしいと話していた。禅の精神もそのうちわかってくるらしい。

早くそんな境地で、お点前をしてみたい。

》映画「土を喰らう十二ヵ月」(22／12／12)

沢田研二主演の映画「土を喰らう十二ヵ月」をシネスイッチ銀座で観た。

人里離れた信州の山荘で野菜を植えたり、山菜やタケノコを獲ったりして一人暮らす作家のツトム(沢田研二)の12ヵ月を描く。

野菜の土を落とし、念入りに洗う。米をしっかり研ぎ、釜で炊き上げる。一つひとつの動きに心がこもっていて、毎日の暮らしを大事にしている様が良くわかる。

抹茶を点てたり、来客に梅酢のジュースを振る舞ったりする時の所作も綺麗。

四季の移り変わりも美しいがその中で生きるツトムの生き様が凛としていて気持ちがいい。

死線を彷徨った後は、夜寝る時に、二度と起きることがないことを覚悟して眠りにつき、目が覚めると新たな気持ちで1日を過ごす。余計なことは考えず、1日1日を生き切ることで不安を払拭する。

シンプルに生き、暮らして、夜はペンを走らせる。こんな生き方ができたらいいなと感じた。

私は農作業もし、茶道や俳句、山歩きで四季を感じるなど、ツトムの生き方に共感できる程度には、自然や伝統的な生活文化に触れて生きている。仕事のために暮らしを犠牲にするのではなく、仕事も生活と一体で進める様子を見て、「この生き方に賛成！」と強く思った。

沢田研二が優しさ溢れる初老の男になっているのを見て（もちろん、そういう役作りをしているのだと思うが）、いい歳の取り方をしている、と感心もした。

≫十三代目市川團十郎白猿の襲名披露（22／12／23）

十三代目市川團十郎白猿襲名披露／八代目市川新之助初舞台　十二月大歌舞伎を観た。

歌舞伎のチケットは高価で、そうそう観ることはできない。だから「節目」や「新作」の時に観てきた。

現在の歌舞伎座の前の歌舞伎座で行われた2010年4月の歌舞伎座さよなら公演「御名残四月大歌舞伎」は運良く観ることができた。

十二代目團十郎や中村勘三郎も健在だった。

2014年5月には今の歌舞伎座で「團菊祭五月大歌舞伎〜十二世市川團十郎一

年祭」を観た。

そして、コロナ禍で遅れていた十三代目市川團十郎白猿襲名披露と八代目市川新之助初舞台の公演を花道近くで見ることができたのだ。

演目は以下の通り。

一、其俤対編笠　鞘當(さやあて)

二、京鹿子娘二人道成寺(きょうかのこむすめににんどうじょうじ)

三、歌舞伎十八番の内 毛抜(けぬき)

鞘當は、桜満開の吉原が舞台。松緑、幸四郎に猿之助が絡む豪華な布陣で楽しませてくれた。

京鹿子娘二人道成寺は勘九郎と菊之助の白拍子花子の舞が素晴らしかった。特に菊之助の女形はものすごく色っぽかった。

團十郎が花道に登場すると劇場は大いに盛り上がった。ちょうど席の前で見得を切ってくれた。唸り声まで聞こえる。こんな間近で観られるとは。涙が出た。

歌舞伎十八番の内 毛抜は、八代目市川新之助の初舞台。

驚きの表現が可愛い。台詞も多いのに見事に観客を惹きつけた。ラストの花道での口上と見得に、将来の十四代目團十郎の姿を見た。まだ9歳なのに、いつの間にか、父親と対等に並んでいる感じだ。歴史の一場面の目撃者になった気分。

これからの新之助が本当に楽しみだ。團十郎が最後の芝居に登場しなかったのはやや寂しかったが、息子の花道に割り込む気はなかったのだと思う。

》東京都美術館で「展覧会　岡本太郎」を観る（22／12／29）

東京都美術館で「展覧会　岡本太郎」を最終日の12月28日に観た。岡本太郎といえば、1970年の日本万国博覧会（大阪万博）の「太陽の塔」を制作した芸術家として有名。中学生の時にその大きな塔を見上げたものだ。

「芸術は爆発だ！」と言ってテレビに登場する岡本太郎は、型にはまらない人気者だった。

それだけに、岡本太郎については「知っている」と思い込んでいた。しかし、展覧会を見て、何も知らなかったんだと気づいた。

例えば「ごあいさつ」で言及されていた「対極主義」。世の中に存在する対立や矛盾を、調和させるのではなくむしろ強調し、その不協和音の中から新たな創造を生み出す、という考え方らしい。

一つひとつの作品がとてもメッセージ性が強いことを知り、岡本太郎が一層好きになった。

展示の写真撮影が自由だったのも良かった。

≫松花堂弁当と抹茶に舌鼓〜茶道の「初釜」（23／1／26）

茶道の先生のご自宅で、茶道の新年会とも言える「初釜」が開かれた。

先生は、普段から稽古で、茶会での作法だけでなく、茶事の作法も教えてくれる。

今回は初釜で、懐石料理〜濃茶〜薄茶と続く「正午の茶事」を体験させてくれた。

福生市の先生のご自宅に着くと、めでたい飾りが出迎えてくれた。

まず寄付(よりつき=待合室のような部屋)でコートを脱ぎ、靴下を白い靴下あるいは足袋に履き替えるなどして身支度をする。ご祝儀を集めて主催の先生にお渡ししたりもする。

寄付は、茶室に準じた場所。一枝春と書かれた掛け軸や宗家からの手紙が展示されていた。

準備が整うと、板木(ばんぎ)をたたいて知らせる。

桜湯が振る舞われる。美味しい。ほっとする。

腰掛待合で、亭主を待つ。

亭主(先生)と一緒に初釜の準備をしていた一番弟子のNさんが出てきてくれた。

蹲踞(つくばい)の手水鉢にお湯を足して、手を清める時に手が凍りつかないようにしてくれた。

茶室に入る。立花大亀の掛け軸。釜は、エビに鳳凰のデザイン。めでたい。

亭主の原口先生の挨拶で会が始まる。

先生手作りの松花堂弁当を味わう。豪華!美味しい!シアワセ♡

亭主の原口先生の挨拶

先生手作りの松花堂弁当

お酒もたくさんいただいた。

器はすべて綺麗にして、蓋をするのが食礼だ。

食事が終わり、主菓子をいただく。

桃仙(昭島市)の花びら餅。

初座はここまで。ここで一旦庭に出て、(これを中立=なかだちと言う)、後座の準備を待つ。

ドラが鳴って、後座スタートの合図。後座はまず濃茶の席。続いて薄茶席。

くつろいでくださいという意味の煙草盆が置かれる。

私もお稽古で、薄茶のお点前させてもらった。

最後に、無言で互いに一礼。

「正午の茶事」を満喫した。

たくさんの決まり事や礼儀作法を学ばなければいけない茶道の稽古。

型にはまるのはあまり好きではないが、心地よい型ならば、自らはまるのもいいものだ。

ふっさ桜まつりで野だて、立礼の稽古開始（23／3／17）

　ふっさ桜まつり最終日、4月9日に、福生市の明神下公園で、石州流が野だてのイベントを行うことになった。2020年の春に行う予定だったイベントが延期になり、ようやく実現の運びになった。桜の開花は例年より早く、4月9日に桜が咲いているかどうか微妙だが、桜のように、美しく心に残るお茶を市民の方にお見せしたい。

　早速、3月16日の稽古は、野だてモード。立礼で武家のお点前を披露するので、久しぶりに立礼の稽古を行った。

　立礼は初めて覚えたお点前。2回稽古をした。手順は頭に入っているつもりだったので、よどみなく進められるかと思ったが、必要な所作を飛ばしてしまった。

　所作を間違えて、慌てふためくのは見苦しいので、淡々と進めたが、ミスなしで進めたいもの。目を閉じて、イメージでお点前をしてみれば、手順を覚えているかどうかの確認ができる。しっかりイメージトレーニングをしたい。

第8章

触発

退職した時、具体的に仕事が決まっているわけではなかったが、とりあえず、会社にいた時の仕事を表す肩書きとして「生活ジャーナリスト」で行こうかと思った。流通経済部、社会部、生活情報部…。日経で取り組んできた仕事の多くが社会や生活に関わることだったから、不自然ではなかった。

けれども、「生活」に限らず、「ジャーナリスト」として、ジャンルを問わず書きたいことを書き、自分で作った出版社で、誰に忖度(そんたく)することもなく本を出すと決め、走り出した。

いろいろな人たちと会い、触発されて、そうなった。その日々を振り返る。

≫中高で一緒だったM君と蕎麦屋で一献（22／12／7）

コロナ禍で、人に会うことが少なくなっていたが、会社を退職して2年目に入った12月からは、いろいろな人に会うようにしている。昨日は中学、高校が一緒（高校では同じ軟式テニス部）だったM君と久しぶりに会った。練馬区練馬1－7－6、郵便番号も176の蕎麦屋、176で開店直後の17時半から、料理とお酒を楽しんだ。

176は、自宅近くの蕎麦屋だが都心の有名な蕎麦屋に負けない、料理と蕎麦、お酒が楽しめる。これからは頻繁に飲もうと話した。

M君はゼネコン準大手の企業の設計部門にいて、2000年、43歳の時に独立した。同じ軟式テニス部の友人の自宅の建て替えを担当。その家でみんなで飲んだりしたが、なぜ独立したのかとか、その後の仕事の様子とかは、じっくり話したことはなかった。彼は自分の事務所にいるので定年などはない。「図面を引くスピードは落ちてきた」というが、一戸建ての住宅から、店舗、オフィス、保養所に至るまで様々な建築の設計を手掛けている。

コロナ禍で受注が一気に減ったこともあるといい、一人で働くことは決して楽ではないようだが、話を聞くと、とても楽しそうだ。建築の世界に入る時、「空飛ぶ円盤を作る」なんて言っていたけれど、今聞くと、中学時代に今のドローンのようなものを作ったことがあるらしい。出力が足りず飛ばなかったというが、夢ではなかったのだ。

彼が独立したのは、常に第一線で設計をしていたかったからだ。「仕事をしているのが無上の幸せ」という彼は、設計の仕事が趣味でもあるようだ。

独立するなら、やはり現役バリバリの時が一番いいのだろう。M君の場合、大学の同級生が工務店を経営しており、ずいぶん仕事を回してくれた。会社のOBもサポートしてくれたという。

「運が良かった」とM君。

65歳になると、完全にリタイアしてしまう人もいて、なかなか仕事で繋がるのは難しい。後輩と繋がればいいのかもしれないが。

二次会は彼の自宅地下にある事務所で。3月に愛犬のロンが癌のような病気で死んでしまったという。施設に入っている彼のお母様もロンが好きで、彼は今でも、毎週、ロンが彼女に語りかけるメッセージ付きのイラストをお母様に送り続けている。

》高校時代、腕白だった同期と高円寺で飲む（22／12／27）

今日は、もつ鍋や馬刺しがうまい高円寺の九州みくにで、高校時代同じクラブだった〝腕白小僧〟のS君と飲んだ。

お酒は飲み放題。彼によると「随分量が少なくなった」という料理と合わせ料金は5000円。大手銀行の役員、子会社の社長も務め、今年6月末で退任した彼は、高校時代のまま。気兼ねなく飲めるコストパフォーマンスの良い店で、楽しい2時間を過ごした。

最近は、奥さんと2人での旅行、ゴルフ、スキー、飲み会などを満喫。「高校時代のような自由な暮らしをしている」という。

支店統括の部長を務め、50歳の若さで役員に。「武闘派だった」こともあり、頭取までは上り詰めなかったが、役員時代の仕事の密度は相当高かったようだ。私のように不完全燃焼で、会社にいた時の仕事を今も続けようとしている者もいれば、彼のように、望めば、退職後も、引く手あまたなのに、「65歳からはやりたいことをしたい」として、仕事と完全に決別、プライベートの暮らしを楽しんでいる人間もいる。

65歳以降の人生は多様で、「かくあるべし」というものはないと思うが、「自分の思いに忠実に生きる」ことでは一緒だと感じた。

彼は40歳の時に会社だけが生きがいの人間になってはいけないと出世コースの企画部門からの異動を希望。国内支店の支店長を務めるが、その後ニューヨークに勤務。２０１１年にテロに遭遇するが、九死に一生を得る。この武勇伝がいかにも彼らしいが、その後、彼自身思ってもみなかった役員になる。特定の派閥に属さず、彼の生き様だけが役員に任命される決め手だったようだ。

人生にはいろいろな道があり、どの道を歩もうが、どのくらいのスピードで歩こうが走ろうが勝手だ。彼の生き方は面白く、彼の話を肴に飲む時間は格別だった。

≫親友のT君、絵本制作（22／12／31）

中学時代からの親友、T君が絵本を制作した。「とのととどまる。～殿ニューヨークへ行く～」。

江戸時代の殿が現代の東京やニューヨークにタイムスリップ。そこに置いてあるゴミ箱にびっくり。なれなれしい町娘には、思わず怒ってしまう。

ここに出てくる殿は、実在の人物がモデル。殿様の格好で歩いて米国縦断した渡辺Ｙｏｓｈｉさんだ。

お付きのとどまるが親友のT君。T君は日本企業のニューヨーク支店で仕事をしているうちに、すっかりニューヨークが気に入って永住権も取ってしまった。いろいろなビジネスをしていたが、コロナ禍を機に、いくつか持っていた店を閉じて、日本に帰国した。

すると、見るもの聞くもの驚くことばかり。そんな感覚で絵本を作ってしまった。66歳での絵本作家デビュー、すごい！

書店での販売の前に、友人やゆかりのある学校にプレゼントするつもりとのこと。彼がすごいのは、この本を出すに当たって出版社も立ち上げたことだ。自ら企画し出版も自ら行っている。

そんな方法があったのか！

自ら出版社を立ち上げるなど考えもしなかった。

コロナ禍でニューヨークで出していた店の経営が難しくなると、すぐに店を閉め、農産物の宅配事業を始めるなど、商機を逃さず、果敢に攻めるセンスは抜群。話を聞いていると、ゴルフ三昧の毎日のようなのだが、やる時にはやる。

この辺りは見習いたい。

≫S君にとって、老後は「夢を実現する時間」（23／1／12）

仲の良い友達のことでも、意外に知らないことが多い——。そう思って、今年は、知人、友人と積極的に会って、話をしている。相手のことがよくわかってくると楽しい。今日は高校2年の時の同級生、S君と、中野のカフェで会った。

彼はすこぶる元気に見えた。でも、体はだいぶガタが来ているらしい。家にいて、何でここにこれが置いてあるの？と驚くことが最近多く、認知症も心配という。

定年退職後、彼は、演劇の舞台監督をしている中学の友人の助手を務めていた。演劇では演出家が最高責任者だが、舞台監督も、舞台の大道具小道具、照明、音楽など、役者の演技以外の世界を司る仕事なので、稽古から本番までずっと関わっていく。何度も上演するので、途中で飽きてくるのが難点というが、面白かったと振り返る。その仕事もコロナ禍で演劇の上演がほとんどが中止になり、少なくなってしまったという。友人の舞台監督は、今は、その技術を、大学の講師として教える仕事が中心になっているらしい。

今月はたまたま舞台の仕事が入っているが、舞台の仕事は少なくなったので、最近は、たまに、マンションの管理人の仕事もしているという。マンションの管理人が有休を取った時のピンチヒッターの仕事。マンション管理人というと、高齢者のお決まりの仕事だが、彼はそれも面白がってやっているようだ。

彼の夢は、冒険小説を書くことだという。

彼はもともと小説が好きで、トム・クランシー（「レッド・オクトーバーを追え」は読んだ）、アーサー・ヘイリー（「マネーチェンジャーズ」は読んだ）、ジェフリー・アーチャー（本のタイトルはいくつか知っているが、読んだことはない）ら海外の作家の作品を良く読んでいる。日本人だと山崎豊子が好き。映画やテレビドラマの原作にもなるようなドラマチックな作品が好きなようだ。舞台監督の助手として、飽きるほど舞台を見続けていたことも栄養になっているのかもしれない。

塩野七生の「ローマ人の物語」は文庫版43巻をすべて読んだという！

「冒険小説は形から入ろうと万年筆と原稿用紙を用意した」とS君。けれど、「パソコンの方が便利なので、パソコンで打っている」。使っているのはＭａｃＢｏｏｋ Ａｉｒ。「パソコンも形から入ろうと——」。 私の場合、セカンドステージは、一言で言えば、「総決算」の時期。現役時代にやり残したことをきちんと仕上げたい。それは高齢者の生き方としては、普通のことと思っていた。

けれども、それは、現役を引きずっている面があるのかもしれない。

彼の心は、ロマンの世界に翔んでいる。

「最近はプラモデルをすごく作りたい」とも。

S君とは、大学生活の最後の春休み、伊勢丹で一緒にアルバイトをした。売り場から伝票を集めてくる仕事で、2人で一緒に集めていた。4月から私は日経の記者。彼は小売業の世界に。私が手にするのはAJ(朝日ジャーナル)。彼が手にするのは「JJ」。若い女性のファッションを研究していた。それから43年も経った。

でも、彼の語り口は変わらないし、遊び心は失っていない。

彼は「山歩きは途中で倒れたら誰も助けに来てくれないかもしれないが、街なら救急車をすぐ呼べる」のと、「冬はトイレが近くなっている」という理由で、歩くのは好きだが街で歩いているという。「最近は渋谷が多い」。　なぜ渋谷?「冒険小説の舞台が渋谷だからリサーチしている」。

彼とは一緒に渋谷を歩いて、夢みたいな話をたくさんしてみたい。

≫映画「SHE SAID」(23/1/16)

数々の名作を手がけた映画プロデューサー、ハーヴェイ・ワインスタインのセクハラ・性的暴行事件を調査、報道したNYタイムズ紙の2人の女性記者に焦点を当てた映画「SHE SAID」を観た。

この記事が出た後、世界各国でセクハラ被害を告白する女性たちが現れた。この#MeToo運動はよく知られている。

2人の記者たちのドラマは、まるでノンフィクションのように描かれていた。記事にするための決め手に欠き、焦燥感が漂っていた時に、実名を出して証言してもいいと、女性から電話があった。2人の記者が歓喜する場面。私も思わず涙してしまった。

記者2人は取材を進めていくが、示談で口を封じられた被害女性たちの心はなかなか開かず、取材は困難を極める。それでも被害女性たちにメールを送り、電話をし、直接会い、事件について語ってくれる女性たちがぽつりぽつりと出始める。

2人の女性記者のプライベートな姿が描き出される半面、ワインスタインのセクハラ、性的暴行は映像では描かれず（そんな映像は存在しないのだから、描かない方がリアリティがある）、被害者たちの証言を聞いて私たちもセクハラの下劣さが次第に見えてくる。

2人の記者の取材現場と新聞社での上司とのやり取り、そして「帰宅してから」を描くだけの、ある意味、地味な映画なのだが、それがかえって彼女たちの取材の臨場感を増していった。

記事を電子版で公開し、印刷に回す瞬間は、私の記者時代を思い出させてくれる光景だった。一つの記事は、社内の何人もが目を通して、これで大丈夫、間違いはないと皆で何度も確認してから世に出す。

これほどのスクープ記事でなくても、記者が真実を書くために取材を重ね、校了までたどり着くところは一緒だ。記者は単なる「ライター」ではなく、テーマを決め、取材先を決めて、使命を感じながら取材し、取材相手には記事の趣旨を理解してもらい、本音の話をしてもらう。そして、だんだん真実に近づいていく。取材の醍醐味、面白さを思い出す。

新聞記者として生きてきたことに悔いはなく、まだまだスリリングな取材をしてみたい。そんな思いを強くしてくれる素敵な映画だった。

≫経験やスキルは最初の組織で使い切れない（23／1／19）

大学病院の外科医で教授だったY君。地方都市の病院の院長になると手始めに、その病院を立ち上げた恩師の思いを体現する記念館を作り上げた。自ら様々な資料を集め、恩師の仕事や考えを一般の人にもわかりやすく伝えている。

彼に会って、まず、この記念館を案内された。この記念館が、彼がこれからしたいことを表す象徴になるのだろうと思った。

場所を居酒屋に変えた。地元の美味しい野菜を天ぷらや漬物で味わった。刺身、つくね、サラダ、どれも美味しかった。日本酒も飲みすぎるほど飲んだ。

彼の本音を聞いて、彼の思いがわかった。

彼は「またやり直せと言われたら同じ仕事をする」というくらい外科医の仕事に誇りを持っていた。

外科医の中でも他の医師を指導するほどの卓越した技術を持っていた彼は、今度は、その経験とスキルを地方都市の病院の改革に生かそうとしている。

大学病院で教授まで務めて、地方都市の病院の院長というポストに就いたと聞いて、正直、〝ご褒美〟なのかと思っていたが、違っていた。

彼は10年計画を立てて、病院のレベルアップを図っていきたいという。

最初にいた組織は定年で辞めざるを得なくなったとしても、経験やスキル、思いは残る。それを使わずに、「俺が現役の頃は」と自慢の種にしかしないのは、もったいない。

Y君は、現役時代の思いとスキルを生かして、新しいミッションに向けて動き始めている。

生涯現役が高齢者の理想の働き方のように言われるが、この場合、ファーストステージの仕事を引き延ばして、いかに長く続けられるか、というニュアンスもある。

Y君の場合は、現役時代の経験を生かした実質起業とも言える挑戦だ。「生涯現役」を超えている。

とても刺激を受けた。

大きな志を持てば、それに向かっていく経験と力は現役時代に蓄えているのだ。

それを発揮しない手はない。
俺もやるぞと、思いを新たにした3時間の懇親会だった。

》宮仕えでも心は自由――中学の友人、大沢君（23／1／27）

中学、高校の同期生たちは、皆、65歳を超えた。果たして高齢期を楽しく過ごしているのだろうか？コロナ禍もあり、音信が途絶えていた友人たちと久しぶりに会って話を聞いている。今日は中学時代の友人、大沢幸弘君。

彼が、中学校の校庭で陸上競技の練習をしている姿が一番、記憶に残っている。中学生なのに「紳士」で、秀才で、スポーツマンだった。早稲田高等学院では、バスケ部に入り、インターハイにも行ったらしい。

1979年に三井物産入社。プラント輸出、エネルギー、情報産業部門にいたが、48歳の時にヘッドハントされて米マクロメディア社（当時）日本法人社長に就任。しかし、ほどなくマクロメディア社はアドビ社に買収される。

我々、昔からの友達は、彼の肩書きがたびたび変わるので、転職を繰り返しているのかと思っていたが、「転職は3回。買収したり、されたりで、会社は7社目」という。彼は著書の中で、「転職歴が多過ぎ、1社毎の勤務年数が短か過ぎ」ると「40歳以降の転職に差し支えることもしばしば」と注意喚起しており、そのあたりはわきまえている。

大沢君は2014年3月、米ドルビー社日本法人の社長にヘッドハントされ、現在に至る。

日本企業と違って「定年」はないと言う。自分がいつやめるかを決めなければ終わらない。

彼は、日本そしてアジアを統括する社長としてずっと仕事をしているが、本当に、好きなことを楽しんでやっている感じだ。

14年に出した「心が自由になる働き方」（かんき出版）を読むと、彼の生き方がよくわかる。

この本の中で、大沢君は、「なぜか明るく元気で、少々のことでは『めげずに折れない』で、仕事の結果を出している人」の共通点を挙げている。

「会社に雇われているサラリーマンでありながら、仕事の取り組み方が、まるで勤務先の会社から業務委託を受けている仮想会社のオーナーのような感覚の持ち主」ばかりだという。

「勤めているのに、『自分の勤務先&上司』を顧客(クライアント)のように捉え、つねに満足させるよう行動」するというのだ。

この距離感を会社勤めの時に持てれば、会社や上司の悪口や愚痴などは言わず、自分の責任で仕事ができる人間になれると思った。

この本で特に面白いのが会社人生での財務諸表。

例えば。「大切なことを大事にする人の損益計算書」の売上高の項目は「夢中になること、好きなことをすること、他人の役に立つこと、人に喜ばれること」。必要経費は「失敗、挫折、涙目、お詫び、叱責、我慢」。利益は「達成感、充実感、周囲の幸せ、笑顔、社会への貢献」。

これに対し、「世俗的な成功ばかり追う人の損益計算書」の売上高は「得になること、稼げることをする、自分の役に立つこと、自分が喜ぶ」。必要経費は「失敗は他人に、逃げ足早く、詭弁・強弁、強欲」。利益は「優越感、自分だけの幸せ、ほくそ笑む、薄っぺらい名誉」。

いいなあ、大沢君。こういうところは中学時代から変わらない。

彼はまもなく67歳になるが、バリバリの現役だ。アジアのこの地域のテコ入れを頼むと言われると断れず、そうすると、社長業はなかなかやめられないという。

それでもいつか、社長をやめたら何をするの？と聞いた。

ビジネスで付き合った人は大勢いて、起業しているような友人も多いという。だから、面白そうな仕事に誘われることが多いらしいのだが、「今は社長だから受けられない」と少し残念そう。

そうか。今は受けられないような仕事をするのが夢なのか――。

仕事一途に見えるが、彼の定義だと、仕事は、イコール「夢中になること、好きなことをすること、他人の役に立つこと、人に喜ばれること」。だから、仕事をずっと自由な心で続けることが楽しいと考えているのだろう。

目の前にいるのは、66歳になって衰えが見え始めてもおかしくない友人なのだが、元気はつらつな40代の友人に見えた。

》書いて三田グループ新年会（23／1／29）

慶應義塾大学のフェイスブック上の同窓会、フェイスブック三田会の中に「書いて三田グループ」がある。商業出版を目指す卒業生を応援するグループだ。昨日は、その新年会に招いていただいた。

「本能寺の変431年目の真実」を書いた明智憲三郎さんの真向かいに座らせてもらった。明智さんの『本能寺の変』は変だ！ 435年目の再審請求」という本を読み、本能寺の変を起こした明智光秀の発言や動機などが、いかに捏造されたかを面白く読ませていただいた。その論拠を明らかにする過程はしっかりしており、信頼できる資料に基づき、正しい論理的な分析をされていた。

「この本では、再捜査とおっしゃっているけれど、新聞の取材もこのようにきちんとしています。共感することが多々ありました」とお伝えした。

今の世の中、デタラメな情報だらけと感じているが、過去の歴史もこんなにデタラメな資料と論理展開で作られていたのかと、驚いた。

書いて三田グループは、本を出した人の集まりだが、各人の経歴や、書いた本、書いた動機は様々で、面白かった。明智さんは祖先の不名誉を暴きたい一心で書かれたようだ。

中小企業の海外展開を支援する仕事をしている大澤裕さんは、「中小企業が『海外で製品を売りたい』と思ったら最初に読む本」を出し、大学院や専門職大学で教鞭もとっている。「仕事の延長で、少しでも多くの人にノウハウを教えたくなる」というのが動機だ。

英語ガイドを仕事にしている島崎秀定さんは、インバウンドの現場や通訳ガイドのノウハウなどを紹介する本を多数出している。

安藤智子さんは書籍原稿の代筆などで100冊くらいの本を書いているらしいが、「これからは自分の本を書く」と、「うろん語の群れ」というとても面白い本も書かれている。

だれもが、その気になってがんばれば、本が出せるし、それが名刺代わりになるということが良くわかった。

今回、このグループの新年会に招いてもらったのは、2018年にフェイスブック三田会や書いて三田グループのことを新聞記事で紹介したのがきっかけだ。その時お話をしてくれた菅正至さんに、本が出せないか相談を持ちかけていたところ、「まずはグループに来ませんか」と誘ってもらった。

楽しかった。ほとんど初対面なのに旧知の間柄のような気がして、お酒も飲み過ぎてしまった。

退職プラスコロナ禍で、あまりにも他の人とのリアルな付き合いが少なかったが、志を同じくする仲間ができた気がして嬉しかった。

今回はゲストだが、本を今年中に出して、来年はメンバーとして、晴れて「書いて三田グループ」の新年会に参加したい。

ジャーナリストの先輩、立石泰則さんと会う（23／1／30）

『覇者の誤算　日米コンピュータ戦争の40年』（日本経済新聞社、講談社文庫）で第

15回講談社ノンフィクション賞を受賞、その後もコンスタントに経済分野のノンフィクションを書き続けているジャーナリストの立石泰則さんに本当に久しぶりにお目にかかった。

池袋の梟書房で、開店の10時半から4時間も話し込んだ。楽しかった。

立石さんとは、彼がまだ週刊文春の記者だった時に一度お目にかかった。その後、私が編集長を務めていた月刊誌「日経ゼロワン」の1998年2月号で富田倫生さんと対談をしてもらった。

お目にかかるのはそれ以来ではないだろうか。もう25年も前だ！

立石さんは、1950年5月生まれ。週刊文春の記者を経て、1988年に独立。『復讐する神話〜松下幸之助の昭和史』（文藝春秋）でデビューした。その後も、『漂流する経営〜堤清二とセゾングループ』（同）など著名な経済人を取り上げた著書が多い。

でも、「君は無名だから、著名な人を取りあげなさい」と出版社に言われただけで、特に経済界のノンフィクションを書いていこうと思っていたわけではなかったらしい。しかし、このジャンルのものを書いてほしいという要望が多く、結果的に経済物が多くなったという。

私は「生活ジャーナリスト」と名乗り始めたのだが、「肩書きで仕事を制約しない方がいい。『ジャーナリスト』とだけ名乗り、好きなことを書けばいい」と彼にアドバイスされた。フリーなのだから何を取材してもいい、か。その通りだと思った。

彼はノンフィクションを書く時には、徹底的に資料にあたる。例えば堤清二の書いたものは小説や詩、同人誌への寄稿まですべて読んだという。関係者には徹底的にインタビューする。「日本人は印刷されているものをすぐに信じる傾向があるが、複数の資料にあたって、本当に正しいか吟味しなければいけない」「特に公文書は間違いだらけ。○月○日に就任と言った記録でさえ間違っていることが多い。別の資料や本人に聞くなどして、補完しなければいけない」。

権威を疑うというのは彼のおじいさんの影響も大きいという。おじいさんは「政府の言ったことの真逆が真実と思えば、だいたい正しい」「『先生』とよばれる人は信じないほうがいい」と教えてくれたという。

彼はパナソニックやソニーなど家電業界の経営者を取り上げているが、経営者たちの一挙手一投足ばかりを細かく描いているわけではない。彼らが生きる産業界や時代の変化についても詳しくならなければ、ノンフィクションは書けない。

だから、彼は、大きな時代の流れについて、いつも考えている。なぜ家電メーカーがかつてのような力を失ってしまったのか。その一つの原因が国際的な水平分業。日本の産業構造にとってはマイナス面もあった。ものづくりをするところに、技術(力)が蓄積するからだ。

AIで日本は成長できる？「SNSに書かれたことなどをAIが学んでいく。だから、SNSをアメリカ企業に牛耳られている以上、日本はアメリカにはAIでは太刀打ちできない。対抗できるのは独自のSNSを育てている中国くらい」「日本はAIではできない分野で、独自の新事業を起こすしかない」。

立石さんは「事実をきちんと調べて書いておけば、次の世代の若者がさらに事実を深めてくれる」と期待する。「努力して取材しても、わからないことは必ず残る。それは次の世代に深めてもらえばいい」。次代の人に残す。ジャーナリストは歴史を書いているのだなあと思った。

今、我々、ジャーナリストがやらなければならないのは、「事実をきちんと明らかにして書き残すこと」なのだ。

本を書いても「数人しか読んでくれなかったらどうしようと不安になる」と弱気なことを言ったら、「相川さんは本を売りたいの？事実を残すことを目的にすべき。いきなり多くの人に読んでもらいたいなどとあまり考えない方がいい。まず1人の人に読んでもらえるものを書くことが大事」と喝を入れられた。

「ジャーナリストは後世まで残せることを書くことに価値がある」（立石さん）。

そうか。そうだよな。気が楽になった。どれだけ読まれるかなどと考えても、いいことはない。自分が書きたいことを誠実に書いてみよう。

立石さんにSNSについて聞くと、否定的なコメント。「議論には向かない。告知のメディアではないか」。「SNSの普及で日本語も乱れてきた。刺々しい言葉ではなく、優雅な言葉を読みたい」。

「優雅な文章を書くには、志賀直哉や夏目漱石、芥川龍之介と言った古典の文章を読んで、気に入ったフレーズを書き残しておくと良い」という。

事実の掘り起こしはキリがないと思うがどうすればいい？

「関心のあることを納得するまで調べるしかないのでは。そのためには、好奇心は不可欠」（立石さん）。

そして、「本質は何か」と考える癖をつける必要がある。

これが非常に難しい。仕事柄もあって、新しさ（新しそうなこと）にばかり目を奪われがちだったが、本質をつかめないとジャーナリストとしては生きていけない。

近道はなく、「例えば古典の名著を読みながら考える」訓練が必要だという。

「繰り返し読みたくなるような本もある」という。例えば、マルク・ブロックの『奇妙な敗北』。読書は平日は仕事に関係のある本を読むが、土日には、古典の名著などを読むという。

立石さんは72歳になった今でも「毎年1冊本を書くことを目標にしている」。でも、生に執着はないという。

66歳にもなると、何を書けばいいか、どう書けばいいか迷っても、相談できる人はあまりいないが、72歳の先生がいて良かった。

余計なことは考えず、焦らず、じっくり良いものを書こう。腹が座った。

≫フリーランスの交流会、何かが生まれそう（23／2／7）

フリーランスを繋げて新しい価値を生み出そうとしている方がいる。土屋和子さん。群馬県で地域情報誌などを手掛ける企業の社長さんだった方で、私より少しお姉さん。今は会社を畳んで、東京で、フリーでマーケティングの仕事をしている。

彼女が「フリーランスを繋げ、新しいことを始めたい！」と昨年立ち上げたのが「ツキヒヨリ」というグループだ。東京セカンドキャリア塾で共に学んだシニアたち、群馬時代から、繋がりのある様々な分野のフリーランスたちに声をかけて、二十数人のメンバーが揃った。そこで、一度、顔合わせをしようと、昨日、午後2時半から渋谷のイタリア料理店で、第1回の交流会を開いた。

ホテルマン、総合園芸家、オペラ歌手、情報セキュリティスペシャリスト、WEB制作企業の経営者、中小企業診断士、ジャーナリスト、プロサーファー、数

土屋和子さんが立ち上げたフリーランスの交流グループの交流会

乾杯！

学の達人、コラムニスト…。多彩なだけでなく、一本芯が通った人たちが集まった。それぞれの仕事を掛け合わせれば、面白いことができそう、という気持ちに参加者の多くがなったようだ。

ただ、私は会社を退職後、1円も稼いでいない。まだまだ、フリーで仕事をする態勢が整っていない。フリーでがんばる仲間たちと、一緒に仕事ができる準備はまったくできていない。

しかし、会社とも同好会とも性格が違うフリーランスの集まりには「未来」を感じる。

会社のように最初から役割が与えられるわけではなく、これからこのグループで何をするかはすべて自分次第。

面白そうなグループを作ってくれた土屋さん、ありがとうございます！

≫通信社に就職が決まった高校の後輩とランチ（23／2／8）

マスメディアの世界に入りたいと大学1年の時から言っていたYさん。見事、通信社に就職が決まった。ランチでお祝いした。お店はミクニマルノウチ。

ちょうど食事が終わる頃、彼女のスマホに一通のメールが。研修期間終了後の赴任先が東北のある県になったという会社からのメールだった。

彼女の表情が変わった。ずっと東京で家族と暮らしている。一人暮らしは初めて。地方支局だと車の運転も必要になりそうだが、自動車の運転免許は「まだ取っていない」。生活がガラリと変わりそうだ。

最初の1年くらいは東京本社勤務だと思っていたらしく、動揺が隠せなかった。

「原発被災地。記者としては願ってもない任地じゃない。おめでとう！」と言ったのだが、心の準備が整うまで時間がかかりそうだ。

別れた後、LINEのメッセージをもらった。

「ありがとうございます。本当に、長い目で見たら恵まれた幸運なことだと思います、今はまだ怖いけど…。とにもかくにも、やるしかないので、頑張ります」

43年前、新聞社に就職が決まった時のことを思い出す。「嬉しいのだが、世間知らずの大学生が、社会のことを世の中に発信していけるのだろうか」「一度新聞社で仕事を始めたら、昼夜なく働くらしい。続くのだろうか…」。そんなことを思っていた。

でも41年も働いてしまい、退職しても、まだ、働き足りなくて、フリーでものを書きたいと思っている。

会社に入る前の素朴な緊張感、不安は、持って当たり前で、それが明日へのエネルギーに変わる。がんばってほしい。

Yさんは同じ高校の、44年後輩。高校の創立100周年記念誌の企画で、彼女を含めた同期4人と、彼女らが中学2年生の時に特別授業を担当したジャーナリストのAさんとの対談を2019年9月に行った。それが縁で、Yさんは、Aさんの事務所でアルバイトをし、ジャーナリストの仕事を間近で見せてもらったという。面接の練習などもしてもらい、見事、難関を突破した。

彼女を見ていると、新聞社に入る前に大きな不安と希望を持っていた自分を思い出す。

初心に戻って、もう一度ジャーナリズムの世界に打って出たい。

共にがんばろう！

≫会社の後輩、Iくんと水戸の蕎麦屋でランチ（23／2／28）

会社の11年後輩のI君に久しぶりに会いたいと思い、水戸まで行った。2000年3月から2004年2月までいた、NIKKEI NETの編成をする部署で、Iくんと一緒に仕事をしていた。

NIKKEI NETは、インターネットが普及し始めた頃、Yahoo! JAPANと人気を二分した新聞社系のネットの一つだった。日経電子版のスタートとともに歴史的役割を終えたが、大手新聞社にはない自由奔放なサイトだった。インターネットというこれまでにないインフラを使うサービスだったため、社内の各部署から人を募って作るしかなかった。それゆえに奇跡的に面白い人材が集まり、意欲的なコンテンツが作られていた。

その頃、私はデスクで、I君はキャップ。彼はIT、エンタメ、食などのコンテンツで味を出していた。

I君は5年前から出身地の水戸に自宅を移し、水戸から大手町まで通っていた。副業が当たり前の時代。地域を盛り上げるという、ライフワークを少しでも早く手がけたいという気持ちで、生まれ故郷に本拠を置いた。

その後コロナ禍もあり、一体、どうしているのだろうと気になっていた。彼が在宅で仕事をする日に、水戸でランチができないか、SNSでメッセージを送り、ランチをすることになった。

地元で大変評判の良い蕎麦屋さんで二色せいろを食べながら旧交を温めた。コロナ禍で、ブレーキはかけられたものの水戸でのネットワークは広まったという。「地域開発でいま、一番求められているのは防災」ということで、昨年、気象予報士の資格もとったという。

新型コロナの蔓延とともに移動も制限され、世の中の閉塞感は強まっているが、彼は昨年末、ロンドン、ニューヨークを訪ね大好きな芝居を梯子した。視野を少しでも広げることで、彼は常識をアップデートするとともに、自分自身のバランス感覚を保っている。

例えば、彼がブロードウェイで見つけた劇場のトイレの案内。ＬＧＢＴ（レズビアン、ゲイ、バイセクシュアル、トランスジェンダー、それぞれの英語の頭文字からとったセクシャルマイノリティの総称）に配慮している。口では「人々の多様性や自由に配慮する」と言いながら、日本社会には偏見が残り、型にはまった行動が求められることが多い。しかし海外では、どんどん新しい考え方が実践に移されているのだ。

彼と話していると、どんどん元気になってくる。彼はジャーナリストではない。フェイスブックを見ると、「スポーツ冒険家」と書いてある。北尾光司がかつて名乗った肩書きと同じだ。簡単にいうとなんちゃって冒険家なのだと思うが（笑）、冒険する意欲は十分。見習いたい。

彼は「フェリーの旅はいい」という。ネットが繋がらないことが多く、スマホを手放して、読書するしかなくなるからだという。ネット漬けの毎日も改めたい。

いろいろ動いてみる。いろいろな場所に行き、いろいろな人に会う。こうした基本動作を大切にして、がんばらねばなと、彼から改めて学んだ。

第9章

学び

2021年4月30日に亡くなった立花隆さんは「勉強を職業にしてきた」「僕は勉強屋だった」と語っていた。生涯で本を3万冊読み、100冊の本を書いた。「まず消費者にならないと、ちゃんとした生産者にはなれない」という。

出版社を立ち上げ、何をテーマにして書いていくのか。テレビ、新聞のニュースを追っているだけでは、オリジナルの記事は書けない。むしろ、テレビや新聞が十分に取り上げないテーマを選ぶ必要がある。

誤った情報にコントロールされてはいけない。我々が正しく情報をコントロールできるように、あらゆる機会を使って学び、真実に迫りたい。

≫映画「PLAN75」（22／7／4）

75歳以上の高齢者に自らの〝最期〟を選ぶ権利を認め、支援するシステム「PLAN75」。超高齢化が進み、若者に重い負担がかかる社会。「社会に迷惑をかけたくない」と言って、PLAN75による死を選ぶ人のインタビュービデオが流れる。何ともやるせない近未来を描いた作品が、早川千絵監督の「PLAN75」だ。

2018年に公開された是枝裕和総合監修のオムニバス映画「十年 Ten Years Japan」の中で短編の「PLAN75」を撮り、これを長編に作り替えたのが今回の作品だ。長編になっても、現実の超高齢社会での医療や介護の問題などにはあえて深入りせず、75歳以上になると高齢者に自らの最期を選ぶ権利を認めるというシステムが始まったという想定の中で、当事者となる高齢者や、彼らの周りの人たちはいったいどんな思いで過ごすのかということに絞って映画を作ったようだ。あまり「説明的」でないところが、かえって我々にいろいろな考えを巡らせる余地を残してくれた。

早川監督も「私は映画を見る人の感受性を信じています。一人一人異なる感性で、自由に映画を解釈することで、観客も映画の共作者になってもらいたいのです」と話している。

倍賞千恵子演じる78歳の高齢者ミチ。働く意思もあり、誰に頼ることもなく凛々しく生きるのだが、それでも一度はPLAN75で最期を迎えようとしてしまう姿が見る人の心を打つ。

映像は美しく、リアリティがあるようで、別世界のようでもある。

60歳の「定年」、再雇用の「65歳まで」と、日本は年齢だけで一律に高齢者をくくる社会だ。後期高齢者となる75歳を境に自らの生死が選択できる「PLAN75」という制度ができるという設定は現実味に欠けるが、年齢でなんでも決めてしまっていいのかという問題提起にはなる。

そして、「高齢者は長生きするだけで罪なのか」「長生きは人類が得た褒美ではないのか」「社会の役に立たない人間は要らないのか」といった本質的なテーマが論じられるきっかけになればいいいと思う。

》武蔵野大学で「古稀式」（22／9／12）

武蔵野大学武蔵野キャンパス（東京都西東京市新町）で、9月11日午後、70歳を祝う「古稀式」と、70歳以降の人生を豊かにする「学び」を組み合わせたユニークな試みが行われた。

主催は武蔵野大学しあわせ研究所。三井住友信託銀行と一般社団法人全国地域生活支援機構（ＪＬＳＡ）の共催。西東京市、武蔵野市、三鷹市、小金井市の4市が後援した。

この試みを企画した樋口範雄法学部特任教授によると「高齢者が学ぶ、高齢者が教える、高齢を祝う」という形をとったという。

主に70歳以上の高齢者を対象に実施。単に長寿を祝うだけでなく、フレイルや認知症の問題から資産管理、高齢者にとってのＩＣＴまで、高齢者学の主要な問題を高齢者と学生が一緒になって学び議論する機会とした。

評論家、ＮＰＯ法人高齢社会をよくする女性の会理事長の樋口恵子さんが基調講演を行った。

樋口恵子さんは「高齢期には、人生第二の義務教育が必要」とし、2012年3月には文科省が設置した「超高齢社会における生涯学習の在り方に関する検討会」に参加。「長寿社会における生涯学習の在り方について」というリポートをまとめたという。

樋口さんは、「人生100年時代を迎え、何よりも大切なのは平和を維持すること。そして、そのためには皆が学び続け、平和な長寿社会作りを進めることが必要」と強調した。

今年90歳になった樋口さんは「90歳になってみて初めてわかることが多い」とし、「こうした経験を語り継ぎ、幸せ構築のためにどう努力すればいいかを学び合いたい」と語った。そのために最近は「ヨタヘロ期の研究者として活躍している」と話す。

樋口さんは「日本の教育は、人生50年時代の教育」だとし、「男性が料理を学び、女性が技術やデジタルを学ぶ、といったジェンダー平等の教育が人生100年時代には行われなければいけない」とし、「高齢期の学び」にも言及した。

「高齢になったら、まず、地域包括支援センターがどこにあるか調べてほしい」とした。また、「医者を何軒か訪ねて、かかりつけ医になれそうな親切な医者を見つける」「お隣さんと仲良くする」ことも重要と語った。

樋口さんの講演後は教室に移り、それぞれが関心のあるテーマで40分の講義を受けた。

各教室のテーマは以下の通り。

・老いることの意味を問い直す――フレイルに立ち向う
・上手な介護保険サービスの活用法と地域包括ケア
・資産運用――超高齢社会を生き抜くために
・シニア期における「住まい」の選択
・同世代が同世代を見守る

この中で、私は「資産運用」の講義を受けた。高齢になる前の準備としての資産運用の話はよく聞くが、高齢期になってから、どんな資産運用がありうるのか興味深かった。講師は田邉昌徳武蔵野大学客員教授。

田邉氏は言う。「個人の資産運用と金融機関の資産運用はまったく違う。例えば、個人で分散投資と言っても投資する金額が少ないから限度がある。個人は寿命もあるので投資期間が定まらない。そして、金融機関は認知症にならないが個人は認知症になる可能性がある。また、個人はお金を貯めることが究極の目的ではない」。

ちょっと講義が楽しみになった。

田邉氏は「個人の資産運用を考えるにあたっては、不動産をどう考えるかが重要なポイント」という。所有者が歳をとるにつれ、どんどん劣化。メンテナンスをどうするかが大問題になる。直下型大地震も心配だ」。

だとすれば「相続人がいないならば、リースバックという形をとるという選択肢もある」という。家を業者に売るが、その家を借りる形で住み続ける。「家を現金化する」ことも考えておかなければならない。

高齢者世帯の収支は、支出が収入を上回るとされ、30年生きるとすると、2000万円を貯めておかないと収支の赤字が埋めきれない。

高齢者の平均貯蓄額は2480万円とされるが、中央値をとるともう少し低い。

お金が不足する世帯もある。

何歳まで働くかという問題もある。日本は70歳前半の就業率が41％と欧州に比べると高い。

認知症の発症率は75歳から急増する。70歳は、自分の意思で資産管理できる最後のチャンスかもしれない。

「高齢になったら取引関係をシンプルにすることも大切」という。具体的には取引銀行・口座の集約、保険関係の見直しなどだ。

保険は一時払い・終身受け取りタイプの保険を活用したい。年金保険などだ。「不確実な状況をカバーするのは保険しかない」。

「高齢者の株式運用は、例えば100万円だけ投資するなどリスクを最小限にするなら、行ったほうがいい」というのが田邉氏の考え方だ。「社会とのつながりを維持するのにも役立つ」からだ。

高齢期の資産運用のポイントは理解できた。

この後、教室での講義のパート2があった。各教室のテーマは以下の通り。

・高齢者の居場所と出番を創る
・高齢者の健康と認知症
・ICT（情報通信技術）でつながるしあわせ／人生100年時代を生き抜くには
・高齢者の財産管理のヒント～民事信託と成年後見・ライフプランニング
・ホームロイヤーによるトータルサービス～見守り・財産管理・任意後見・遺言・死後事務委任・信託等～

この中で、私は、若宮正子さんの講義（人生100年時代を生き抜くには）を受けた。素晴らしかった！

若宮正子さんは、80歳を超え、スマホアプリ開発を始めたことで有名な方だが、デジタル技術をどう広めるか、誰にでも使えるようにするにはどうすべきかという方法論をお持ちだ。

IT先進国の事例も挙げ、「高齢者こそITが必要」と訴えた。

若宮さんがアプリを作ったきっかけは「年寄りが楽しめるアプリない」ということだったという。プログラミングと聞くと、それだけで敬遠する人が多いが、「プログラムは、設計図をきっちり作れば若い人たちが作ってくれる」という。「手順を決め、大道具、小道具を揃えればいい。日本語で話せば自動的にプログラミングしてくれる時代も来る」といい、「抵抗感を持たないことが大切」と話す。

「高齢者も学習し成長する」「社会貢献をしつつ社会に有用なる人材になることを目指す」のが若宮さんが副会長を務めるメロウ倶楽部の理念だ。

若宮さんは前向きだ。デジタル庁ができても日本ではITが個人の生活まではなかなか普及しないが、「海外では先進的な取り組みが実施されている」とし、デンマークとエストニアの事例を紹介した。

デンマークでは、役所と国民の間の紙のやりとりをなくしたという。幸福度はフィンランドと1位、2位を争う。

デンマークでは、15歳以上の国民は、1日1回ネットにアクセスする義務があるという。デジタルができない人には周りが教える。まず家族に頼り、家族に頼れない人は自治体職員や高齢者施設の人が支援する。

エストニアでは現地の高齢者にアンケートを実施したところ、「電子サービスを利用している」人は84%。「デジタル化で暮らしの幸福度は向上した」と答えた人は93%もいた。

世界はすでに変わっている。若宮さんにデジタル庁を率いてもらいたいと思った。

古稀式。受けた講義でそれぞれの印象は異なると思うが、私は古稀式と学びの組み合わせは、国の制度になればいいと思った。

18歳成人になったら、被害にあわず、責任をもった消費ができるような教育を実施したい。

同様に、ほとんどの人が会社を退職する古稀になったら、今回のような様々な学びのコースを受講すべきだろう。

今回の古稀式は、高齢者かのありようを変える可能好きの高い面白い企画だった。

≫二兎社「歌わせたい男たち」（22／12／10）

二兎社の「歌わせたい男たち」を東京芸術劇場シアターイーストで観た。もともとは12月3日に観る予定だったが、関係者に新型コロナ感染者が出たということで公演は中止になり、今日に振り替えて観た。

2005年の初演。2008年に再演された。高校の卒業式での君が代斉唱をめぐる教育現場のドタバタ劇だ。教育委員会の指導通り生徒を起立させて君が代を歌わせたい校長(相島一之)と、校長が説得しても「君が代斉唱では起立しない」と言い張る社会科の教師(山中崇)。その間に挟まれて右往左往する元シャンソン歌手の音楽講師(キムラ緑子)。話題作の14年ぶりの再演ということで東京芸術劇場のシアターイーストは満席だった。

しかし、「なぜ今、この作品を上演するのだろうか」と正直思った。

かつては起立して君が代を斉唱することは憲法の思想・良心の自由に反すると校長の命令を聞かない教師も多く、この問題はマスメディアでも再三取り上げられた。しかし、校長が君が代を斉唱するように命令することは憲法19条に違反しないといった最高裁判決なども出て、最近は君が代斉唱に反対する教育現場のニュースはあまり聞かない。

作・演出の永井愛さんはタイムリーなテーマを演劇にする達人だが、なぜ今?

この疑問は、芝居を見ていくにつれ、だんだんとけてきた。「いやだと思って歌っても内心の自由は侵されない」。もっともらしい校長の演説が決め手だった。そんなわけないじゃないかと思ったが、「空気を読む」ことが得意になった現代人は、思っていることは内に秘め、軋轢は避けて、表向きは従う、という行動パターンをとることが当たり前になってしまった。

意見の対立があって、教育現場が騒然となっていた頃のほうが、むしろ健全だった。「君が代斉唱の強制は問題がある」と思ってもことを荒立てない。処分されてはたまらないと、反対論や許せないと言う気持ちを内に秘め、何事もないように振舞っているだけではないか。

そう考えるととても怖くなった。

新聞社では社会部にいたこともあったが、人が死ぬとか、対立が起こるとか、「事件」が起こらないとなかなかニュースにはしづらい面がある。だから、関係者が黙ってしまったら、社会問題は見えなくなってしまう。被害者やおかしいと思う人が声をあげてくれないと、問題が存在しないことと同じになってしまうのだ。

内心おかしいと思いながら仕事をしたり暮らしたりしていれば精神が病んでくる。「内心の自由」とは、思っていることを誰かに話したり、なんらかの方法で公にしたりする「表現の自由」を伴ってこそ、成り立つ。

ウクライナ侵攻について、憂いているソ連の国民は多いのかもしれないが、迫害を恐れて、大多数の国民は何も言えない。それでは内心の自由があるとは言えない。

SNSが発達し、だれもが意見を発信できるようになったと言われるが、実態は激しく意見が対立するような問題については積極的に発信する人は少ない。反対の意見を持つ人たちの攻撃にさらされ、炎上するリスクも大きいからだ。

物が言えない時代。何も問題がないように表面的には見える時代。

永井愛さんはそんな時代を憂いて、「歌わせたい男たち」を再演したのだと思う。とてもタイムリーな芝居だった。

久しぶりのデスカフェ（23／1／21）

日本経済新聞夕刊2016年10月18日付の記事でデスカフェを取り上げた。

「少人数の和やかな雰囲気のなかで、『死』にまつわる話を身近に語り合う『デスカフェ』に関心が高まっている。遺言や葬儀など終末期の準備をする『終活』がブームになっているが、家族や自分の死については心の準備ができていない例も少なくない。デスカフェは肩の凝らない『死の準備教育』の場として広がっていきそうだ」。

それから6年3ヵ月の2023年1月21日、久しぶりにこの記事で取り上げた葬儀社、ライフネット東京(東京・品川)代表の小平知賀子さんが主宰するデスカフェに参加した。

今回のテーマは「グリーフ(悲嘆)」。話が弾むように、デスカフェの冒頭、グリーフに詳しい一般社団法人グリーフサポート研究所認定グリーフサポートバディの神藤有子(しんどうゆうこ)さんのお話を聞いた。

勉強になったのは「グリーフ」の定義だ。「グリーフとは、死別によって引き起こされる、様々な思い・感情・思考が『閉じ込められた状態』」。これに対し、モーニング(mourning)という言葉がある。「ありのままの自分のこと感情や思い・考えを、押さえ込まずに『自分らしく』表現できて、受け止めてもらえた状態」を指す。

感情を表に出す。それは「自分らしい表現」をするということだったり、「泣きたいだけ泣く」ことだったりする。

グリーフはさまざまな感情・思い・考えを溜め込んでいる状態だけに、身体、認知、感情、精神、社会的関係に大きな負の影響をもたらす。それを防ぐために、「悲しみと折り合いをつけ」たい。そして、「最後まで話を聴いてくれる人や場所を見つける」ことが必要だという。

私は親族の死に直面した時に、ショックは受けたが、悲嘆に暮れたりはしなかった。普通に生活をして仕事をした。けれど、それも「グリーフ」の状態だったのかもしれない。一本取られた気がした。

神藤さんのお話の後、自由な議論が始まり、それぞれがグリーフ体験を話した。デスカフェはプライバシーを重視することが必要なので詳細に議論の内容を書くのは控えるが、一つだけ目からウロコの話があった。

70代の女性。夫が亡くなって2年8ヵ月経つが、未だに夫を思うと、泣いてしまうという。時間は何も解決してくれない。彼女にどう寄り添えばいいのだろうか。「もういつまでもくよくよせず、元気を出して」と言うのが良いのだろうか。違う。深いグリーフ状態にある人はその裏返しで深い愛情や幸福な時間があったのだ。だとすれば、例えば、「その幸福な頃」の話を聞いてあげる(ご本人が望めば)のが正しい。

グリーフケアは、その人の人生そのものを理解することが必要。簡単なことではないと感じた。

カジュアルになかなか話せない死というテーマを話せるデスカフェ。一個人として参加して、改めてその面白さを実感した。

≫「原発回帰を許さない！」 小出裕章氏講演(23/1/22)

クレヨンハウスは1月22日、「原発とエネルギーを学ぶ朝の教室」を、JR武蔵境駅前「武蔵野プレイス」で開いた。「原発事故は終わっていない」などの著書がある元京都大学原子炉実験所助教で、原発反対運動を先導する小出裕章氏が、「いま、原発回帰を許さない」をテーマに講演した。

岸田首相が原子力発電所の再稼働や運転延長、次世代型原発の建設など、原発回帰の方針を示す中、原発回帰がいかに危険な政策か、小出氏が力説した。「2011年3月11日の福島原発事故で発せられた原子力緊急事態宣言は、まだ解除できずにいて、未だに被災者は苦しんでいる。それにもかかわらず、岸田首相は原発回帰の方針を打ち出した」と小出氏が批判する。

小出氏は数字で福島原発事故の恐ろしさを示した。

広島に投下された原爆で燃えたウランの重量は800g。たった800gで街が壊滅した。しかし、福島の原発事故で大気中にばら撒かれたセシウム137は、広島原爆の比ではないという。なんと、広島原爆の168発分だ。

小出氏が実験をしていた「放射線管理区域」の放射線量は1㎡あたり4万ベクレル。実験着や手についた汚れの数値はこれより下がらないと外に出られなかったという。ところが原発事故で住民を強制避難させた時の放射線量は1㎡あたり60万ベクレル。それ以下の汚染地の住民は放置した。

感じられない、見えないだけで、多くの住民たちは放射能に汚染されていたという。

福島の原発事故で溶け落ちた炉心(デブリと呼ばれる)は、今どこにどのような状態で存在しているかもわからないという。ロボットで探査しようとしてもＩＣチップが影響を受けてロボットが制御できなくなるらしい。だから、「デブリの取り出しは、100年経ってもできないだろう」「放射線管理区域の基準以上に汚染された土地は、100年経っても広大に残る」と小出氏。

福島事故は全く終わっていないのに、事故を教訓とした原発抑制策が見直されようとしている。

我々は事故による放射能の影響ばかりを考えるが、事故がなくても、原発稼働によって作られる死の灰はものすごい量になっているという。

１９６６年東海原発が稼働してからこれまでに広島原爆の120万〜130万発分の膨大な死の灰を作ってしまった。

そんな原発はもう増やさないという方針を大転換しようとしている岸田首相の意図は？

ＧＸ（グリーントランスフォーメーション）という聞き慣れない言葉が、原発回帰の最大の理由だ。

地球の温暖化を防ぐために二酸化炭素の放出を減らさねばならない、と主張する。しかし、小出氏は「二酸化炭素は悪くて、死の灰は良いのか？」と声をあげる。

二酸化炭素がなければ植物は生きられない。植物が生きられなければ、動物も生きられない。

一方、放射線は微量でも生命体に危険を及ぼす。

それに、「本当に、二酸化炭素が温暖化の原因となっているのか」と小出氏は地球の長い歴史を振り返りながら、その常識を疑う。

「本当に問わなければならないのは、エネルギーの大量消費。二酸化炭素だけに目を奪われてはいけない」。

小出氏は「二酸化炭素が悪いというなら、原子力だけはやってはいけない」という。

ウラン採掘、濃縮・加工、その段階で二酸化炭素を放出しているからだ。

そして、「原発が破壊された時の被害は甚大」と心配する。

北朝鮮のミサイル攻撃を心配するのなら、「まず原発を止める必要がある」。

「岸田政権は、軍拡も進めようと、国家安全保障戦略などを改訂し、防衛予算を倍増する考えを示した。米軍の下で戦争をすることができる国にしようとしている」と小出氏。原子力への回帰は、実は軍拡と繋がるという。

日本は原爆を作ろうと思えば、1年以内に作れる能力があるという。そのためには原発を稼働しておくことが必要なのだ。

「核を持つ力を失うから、原発から撤退してはいけない」というのが自民党議員の本音と小出氏は分析する。

「騙したのは政府だから我々に責任はない、と国民は言ってはいけない。そう考えたら何度も騙される。国民にも責任がある」と小出氏は最後に語った。

真実が見えないまま、原発回帰を容認し、知らず知らずのうちに原発事故と戦争に巻き込まれ、我々は滅びるかもしれない――。素直にそう感じた。

とても刺激的な70分だった。

おわりに

生まれてからずっと敷かれたレールの上を歩いたり、走ったりしてきた。65歳で会社を退職して、初めてレールのない世界を体験した。

レールがなくなり、真っ白なキャンバスに「これからの人生」という絵が自由に描けるようになるのはとても楽しい。

何を描けばいいのか、当初は迷うだろう。そんな時は、とりあえず、いろいろなことをしてみるしかない。そして、それを日記やブログに書いて、自分の生き方を客観視できるようにするといい。

65歳以降の人生のプランは、直近の仕事や暮らしの延長で考えるのではなく、生まれてからの長い人生の棚卸しをするつもりで、練りたい。自分が本当に楽しめるものに向き合うことが必要だからだ。

最近は自分史を記す人も結構いるが、自分史は子供たちに自分の生き様を残すという意味があるだけでなく、自分が本当に好きなこと、したかったことを検証するのにも役に立つ。ただ、自分史となると、親や恩師、友人たちに話を聞く必要もあり、大変だ。その点、65歳という転機に焦点を当て、日記やブログを書くのであれば、比較的簡単に人生の見直しができる。

年末年始に旧友やお世話になった先輩に会って、話をしたことがどれだけ糧になったかわからない。66歳の今、迷いなく暮らせているのは。そのおかげだ。

私は子供の頃、漫画家になりたかった。円谷英二の特撮も好きだった。理想の未来を描いてみたい。そんな思いがいつもあり、記者をやりながらも、目の前の事実を追うだけでなく、この事象が将来にどう影響を及ぼすのか、という考えが常に頭をよぎっていた気がする。

現役時代は目の前の仕事で手一杯だったが、出版社を立ち上げたこれからは、目の前のニュースや出来事を押さえはするものの、一度咀嚼し、それが「未来」にどう繋がるのか。そして何を書けば、後輩たちに役立つ知見になるのかをじっくり考え、本を出版していきたい。

本書で出版の経験も積んだ。こらからが本番だ。

相川 浩之（あいかわ・ひろゆき）

ジャーナリスト。高齢社会エキスパート。1956年東京生まれ。1980年慶應義塾大学法学部政治学科卒。1980年4月から2011年11月まで日本経済新聞社勤務。新聞、雑誌（日経トレンディ副編集長、日経ゼロワン編集長）、電子メディア（NIKKEI NET）、ラジオ（ラジオNIKKEI「集まれ！ほっとエイジ」など）、産業地域研究所（「消費インサイト」）など、様々なメディアに携わる。退職後は、YouTube、Podcast、noteなどで情報発信。「ジャーナリストの魂出版」を立ち上げ、本書がその最初の出版となる。「人生100年時代の歩き方」「情報リテラシー」を中心にあらゆるテーマを取り上げたい。

LINEブログに綴った「65歳の歩き方」
—人生100年時代の歩き方シリーズvol.1—

2023年11月20日　第１刷発行

著　者　相　川　浩　之

発行者　相　川　浩　之

発行所　ジャーナリストの魂出版

〒179-0074 東京都練馬区春日町２－13－３
メール　hiroyuki.aikawa@gmail.com
電話　090-5390-3091

デザイン／ハーブ・スタジオ
印刷・製本／第一資料印刷

ISBN 978-4-9913095-0-2 C 0036
Printed in Japan